こんばんは

JN125589

GOOD EVENING,
SUN TOWER

太陽の塔

MARNIE JORENBY

マーニー・ジョレンビー

文藝春

こんばんは、太陽の塔

Good Evening, Sun Tower
by
Marnie Jorenby
Copyright © 2023 by
Marnie Jorenby
First published 2023 in Japan by
Bungei Shunju Ltd.
This book is published in Japan by
direct arrangement with
Boiled Eggs Ltd.

日本の友人と、夫のCurtに捧ぐ

装画　タケウマ
装丁　中川真吾

1　逃亡者

カティア・クリステンセンはアパートを出て、曇天の下、万博記念公園に続く坂道を上った。丘の上に近づいた時、ヨークシャーテリアを連れて散歩している男の鋭い視線を感じ、ため息を漏らした。

日本は大好きな国なのだが、ガイコクジンとしてこの国を歩くのは辛い。ガイコクジンは道を歩いているカバだ。ピノキオの鼻が付いているぎこちない人形だ。「お上手ですねぇ」で、「日本人よりも日本人」で、「あら、日本語が話せるんですか」で、「お箸、大丈夫?」的な惨《みじ》めな存在だ。

　おまけに、カティアは二十二歳という若さで、顔立ちがよいのでよけいに目立つ。デンマーク系らしい肌は真っ白で、目はワスレナグサのような淡い青だ。腰まで伸びる髪の毛は白に近いスウェーディッシュ・ブロンドだ。スカンジナビア系が多いミネソタ州では普通な色合いだが、黒髪の海に合流すると注目の的になる。

　それでも、ガイコクジンというだけなら耐えられる。辛いのは、この手で街を歩かなければならないことだ。

　カティアは手をセーターのポケットに隠して坂を上り続けた。

　ここは大都会で、ミネソタの大自然が懐かしい。

　故郷はミシシッピ川の流域にある丘陵地《きゅうりょうち》で、カティアが生まれたのはオークやカエデの木が生い茂る小さい盆地だ。森には鹿がいる。近づくと驚き、荒い鼻息で逃げる。秋にはハンターが来て、木にくくりつけた台に何時間も座り、鹿が通るのを待つ。谷間にこだまする一発の銃声で仕留めて、皮を剝《は》がし、肉をソーセージにして冷蔵庫に入れる。夏の午後には丘を隔てた牧場から牛の鳴き声が聞こえる。春には森からは新緑の匂いが漂い、畑からは牛の糞の匂いが漂ってきて鼻をつまみたくなる。冬は厳しく、雪は固まって凍り、額がじんじん痛む。

　ミネソタはボブ・ディランとプリンスの故郷で、音楽や演劇が盛んだ。ヨーロッパから来たスカンジナビア人やドイツ人の他に、モン人やソマリア人がたくさんいて、さまざまな人種が一緒に生きていこうとしているが、カティアの住む田舎はそれとは別世界で、白人ばかりだった。

ミネソタの田舎には広いトウモロコシ畑や大豆畑もあり、牛や豚や藁《わら》を入れるための大きくて赤い納屋が点在する。

その納屋の一つに、有名な陶芸家のスタジオがある……。

カティアは眉をひそめ、足を速めた。

坂の上の平地に出るとすぐに住宅展示場があり、もう少し歩くと大きくて白いホテルがある。そのホテルを回って万博記念公園の広い駐車場に出れば、アレがいきなり眼前に聳《そび》え立っている。

太陽の塔。

これに出くわすのは、今日でもう二週間にもなるのに、見るたびにドキッとする。ギュッと結ばれた口と鼻を上に向けて嘲《あざけ》るような顔に見つめられると、自尊心に平手打ちを食わされた気がする。その顔が、師匠であった有名な陶芸家のデーヴィッド・ライダーが最後に見せた顔にそっくりだからだ。世界の反対側に来ているのに、出だしからこの顔と直面しなければならないのは、なんと酷な運命だろうか。

塔はなんでも知っているようだ。カティアが何から逃げてここに来ているのか、大阪に来てどれほど不毛な日々を過ごしているか、全部見抜いているのだ。

両側から突き出ているコンクリートの円錐は、太くて役立たずの手のようだ。

自分の手も……。

見下ろしそうになって、目をそむけた。

昨夜は大雨が降っていた。梅田から帰って万博記念公園駅で降りたとたん、雷が鳴り、雲が疾走する空を眩《まぶ》しい稲光が裂いた。太陽の塔は、腕を広げ、黄金の顔を光らせ、雷様を気取って嵐の中に君臨していた。

カティアは切符を買うと、モノレールの駅構内に入っていった。公園内のイベント情報のポスターが駅の壁に並んでいる。「国立民族学博物館・特別展・〇〇〇〇・2006年9月」。読める漢字の間に、読めない漢字がたくさん混じっていた。大学三年生で留学していたときには、ホストファミリーのお母さんに連れられていろいろな美術館に行き、美しいものや古代の宝物を見せてもらった。そのころは難しい漢字の解読はお母さんに任せて気軽に楽しむだけでよかったのに、今は漢字が、自分と「楽しみ」を隔てる高い壁になっている。

十日前から所属している鈴蘭女子学院が与えてくれたアパートは、万博記念公園とエキスポランドの他に何もない不思議なところにある。週末だけのために存在するこのだだっぴろい公園と遊園地は、平日には殺風景だ。駅も、土日になると人でごった返すのに、平日はラッシュ時以外には静まり返っている。

同じモノレールの沿線とはいえ、鈴蘭女子学院のある彩都《さいと》ではなく、こんな変な場所に住むことになったのも、仕方のないことのようだ。ガイコクジンはヤクザとペットの次に厄介な賃借人らしくて、受け入れてくれる大家がいないと人事部の人に言われた。

モノレールのホームに上ってみると、乗客は二人しかいない。近くにメジャーな公園も遊園地もあるのに、なんなんだ、この墓場みたいな場所は。東京とはずいぶん違う。二年前に東京で過ごした素晴らしい留学生時代が懐かしい。「お上手ですね」が本音だと思っていたその素敵な時代を、もういちど満喫できればどんなにいいかしれない。そのころはまだライダーの有望な弟子であり、将来も明るく、希望が赤いバラみたいに腕いっぱいにあふれていた……。

顔をしかめ、リュックをベンチに下ろした。いつも重い。宿題を出すたびに、採点しなければならない紙が二百枚ぐらい返ってくる。おかげで昨夜もＴＳＵＴＡＹＡで借りたＤＶＤを見ながら遅くまで赤ペンを動かしていた。

留学で来ていたのは秋で、いつも晴れていて今よりは乾いていた気がする。

成田空港からタクシーに乗って東京に着いた夜のことをまるで昨日のように覚えている。生まれて初めてこの国に来た夜だ。カティアの便は遅れて、留学生を運ぶバスはすでに行ってしまったのでタクシーに乗せられた。タクシーが動き出した時、開かれた窓から感じたことのない蒸し暑い空気に頬を撫でられ、新しい国への期待が電流のように全身を流れだしていた。座席は真っ白いレースで覆われており、車体は漆《うるし》みたいに黒く光った。運転手は完璧な制服にやはり真っ白い手袋を嵌《は》めており、ハンドル捌《さば》きは精密だった。もし聖母マリアがタクシーに乗る用事があったとすれば、こんな純白があしらわれた車が用意されたことだろう。

夜なのに、過ぎていくオフィスビルの窓のほとんどに眩しい電灯がついており、なかにワイシャツを着たサラリーマンが働いていた。都心に近づくと色とりどりのネオンサインが視界いっぱいに輝き、大胆な色とリズムで踊りだしていた。複雑な漢字のなかに「山」や「森」など読める文字を見つけると新しい知識が自分を待っていると思ってワクワクした。

ある大きい看板は、真っ赤な字でTOSHIBAと輝いたあとで、「東芝」に変わり、「東」という漢字が読めた。秘密が半分明かされた気がした。

タクシーがインターから降りて交差点で止まっていると、ある店の中で中年男性が、珊瑚色の公衆電話の受話器を耳に当てながら何かを熱心にしゃべっていた。大人の男が、おもちゃみたいな電話を使って大真面目になっているのがおかしくて、クスッと笑った。さらに走っていると、真っ赤な公衆電話も黄緑色の公衆電話も見つかった。どれも人形の家の家具みたいに大きすぎてかわいかった。この国では、毎日の生活がとても真面目な妖精物語みたいなものなのかもしれない。

カティアは窮屈な大学生活を捨てて、この潔癖で可愛くて真面目な社会に溶け込み、生まれ変わった。

……でも、二年経った今は、死んでいる。

カティアは深いため息をつき、重い心と重いリュックを背負ってモノレールに乗った。

2　翔子

カフェで翔子と待ち合わせたのは、その土曜日だった。翔子は店先に現れると、派手な帽子を振ったので、カティアは笑って手を振り返した。このおしゃれで気さくで、想像力にあふれた自然体の女性に出会ったのは、日本に来て、グーグルでライダーのことを検索したのがきっかけだった。

アイビーリーグの大学で教えるライダーは国際的に知られた陶芸家だ。カティアの出身地であるミネソタ州が「民芸ソタ」と呼ばれるきっかけを作った名高いワーレン・マッケンジーの弟子で、マッケンジーは、日本で濱田庄司と一緒に器を作っていた著名なバーナード・リーチの弟子だった。ライダー自身の作風は異なり、高尚で芸術的な器ばかり作っているが、リーチと濱田庄司の影響も残っていた。

来日してすぐ、「はまだしょうじ」をパソコンで検索しようとしたら、「じ」が「こ」になってしまった。画面に現れたのは「布アーティスト」である濱田翔子だった。鮮やかな色の帽子やワンピースドレスで飾られたサイトで、日本語を解読するのに時間がかかったが、大阪の画廊で個展を開いていることがわかった。

面白そうだったので、「前向きに生きなくちゃ。人生はこれからなんだから」と自分に言い聞かせて、見に行った。

小さい画廊だったが、ドレスや帽子は印象的なものばかりで、一度も見たことがないような作品もあった。

コカトゥーの黄色い冠羽を思い起こさせるフリルが付いたクリーム色のドレスの前に立ち止まって見ていると、後ろにアーティスト本人が現れ、「気に入りましたか」と気軽な口調で尋ねてきた。カティアは慌てて振り返り、知らない人に出会うといつもするように手をサマーセーターのポケットに隠した（そのためにあるセーターなのだ）。

こうしなければならないのは、手が自分の手ではなく、デーヴィッド・ライダーの手になっているからだ。ありえないことだとわかっていても、見下ろすと自分の腕先に師匠の手がくっ付いているのだ。鏡にも映るほどリアルで、他人にも見えているはずだ。

師匠の手は繊細で大きく、皮膚が粘土と水で荒れており、骨ばった指は長い。懐かしいのか憎いのか決めかねる手だ。この手を人の前へ出すたびに、ライダーと自分の間にあったプライベートなことが露見するようで、恥ずかしくて涙が出そうになる時もある。

翔子はそれから一緒に画廊を回って、陽気な口調で作品を紹介してくれた。よくしゃべる人だが、カティアが何か言おうとするとすぐに聞き役にまわり、カティアのぎこちない日本語の発言を気長に聞いてくれた。カティアとセンスが合うようで、話が盛り上がった。

「カティアさんも美術家でしょう、こんなに色のことがわかるし」といきなり言われた時、どう答えればいいか迷った。ライダーの器は釉薬《ゆうやく》の美しさで知られていて、釉薬作りには特に厳しいので、カティアは色の微妙な違いに敏感だった。

「絵を描くのが趣味です」

「ほら、図星！」

カティアには何かを買う余裕はなかったし、名刺だけもらって財布に入れた。電話番号を聞かれて教えた。

その日のうちに翔子から電話があり、翌週末会うことになった。会う場所はカティアが決めることになったので、このカフェを選んだ。

翔子は淡い橙色《だいだいいろ》という珍しい色のワンピースに、オレンジと黒と青の縞模様のリボンが付いた鮮やかな帽子という出で立ちだった。帽子のリボンは幅が広くて着物の帯みたいに複雑に結ばれていた。翔子が入ると人は振り向き、カフェの空間は明るいエネルギーでいっぱいになった。

カティアが座っていたのは階段で上がる中二階の畳の席で、漫画や雑誌が置いてあった。落ち着いてくつろげるスペースだ。

「わあ、すてき！」

翔子は帽子を低い天井から守りながら歩いてきて、無造作に座布団に座った。帽子を生け花のようにテーブルに飾ると、夏の海風がテーブルの上を吹いた気がした。

「このカフェ、いいね。よく来るの？」

「うん」

カティアはうそをついた。このカフェは翔子の好みを推測しながらグーグルで検索して見つけたもので、下見もしていた。こんなに努力しているのは、大阪に友達が一人もいないからだった。

翔子が一緒だとホッとした。ガイコクジン一人でこの日本的なスペースに座るのは大胆すぎると感じていたので、そばに日本人がいてくれると心強かった。

翔子はメニューを見て目を輝かせた。

「ホットケーキもある！　私、このチョコレートと生クリームのにする」

紅茶か何か飲み物だけ注文しようと思っていたカティアは、自分もホットケーキを頼むことに決めた。

初めて二人きりで会うし、気まずい沈黙が続くのではないかと心配していたが、翔子はもうしゃべりだしていた。

「ね、お願いがあるの。帽子、作らせて。その髪の毛、本当にすごいし、眼の色もすてきだから」

カティアはびっくりして髪に触りかけ、慌てて手をテーブルの下に隠した。

「アメリカでは平凡な色ですよ」

「いえいえ、すごいのよ」

翔子は少し考えてから神秘的な声で言った。「十五夜の月の下で、ほのかに光るススキみたい」

「待って」

　カティアは何を言われているのか気になって、リュックから電子辞書を取り出した。「十五夜」と「ほのかに」と「ススキ」……どれも調べなければわからなかった。

「その髪の毛を生かしてね、藍色の帽子にゲッコウの中で跳ねるウサギの刺繡《ししゅう》をして、リボンの色は……」

　翔子はさっそく色鉛筆のセットを取り出して小さいノートにカティアの帽子をスケッチしはじめた。

「ゲッコウ?」

　カティアは電子辞書のキーを叩いた。

　窓の日差しの中で、ホットケーキのバターに溶けて消えてしまったかのように二時間が過ぎた。

「もうこんな時間?」

　携帯を開けて画面を見た翔子はびっくりして言った。「これから三宮《さんのみや》でクライアントと会う約束なの。あ、それで思い出した。カティアさんに頼みたいことがあるんだけど、いいかしら」

「なんでしょうか」

「ネットで会ったインド人の女性なんだけどね、ドレスの依頼をしたがっていると思うのだけど、英語のメールが読めなくて……」

「いいですよ」

カティアは笑って答えたが、楽しい気分は薄らいだ。翔子が会いたがって連絡してきたのは、結局英語の依頼をするためだったのか。会ったばかりの人だし、気を悪くする理由はないと自分に言い聞かせたが、不安になった。ライダーは大学の四年間カティアに余計な人間関係を作らせなかったから、友達候補者を前にして小学生みたいに緊張している。

この関係は続くだろうか。自分は翔子という風変わりなアーティストの友達になるだけの魅力があるのだろうか。何度か会ってみないとその答えを知ることができない。

「いいですよ」

と繰り返して言った。「日本語はまだ下手だけど、頑張ります」

「本当に？　すごーく助かります」

それから二人はカフェを出た。翔子は、来週また会おう、翻訳を頼むついでにすてきな店に案内すると言った。カティアは笑ってうなずき、翔子は重たそうな帽子に手をやりながらお辞儀をした。

「河童みたい」

「河童に見えるの？　カティアさんて、おもしろいね」

最寄り駅の改札で別れたのに、ホームに上がるとお互いに向き合うことになり、少し気まずい時間ができた。こんな時に限って、電車はなかなか来ない。翔子はそれほど気にしていないようで、ときどき手を振った。ホームには他にだれもいない。

「私が河童なら、カティアさんは妖精ね。真っ白だし」

「白人の皮膚は白くないよ。桃色なのよ」

「へえ、じゃ、白人じゃなくて、桃色人と呼ぶべきかな」

カティアは吹き出してしまった。

「それじゃ歴史、変わる気がする」

ちょうど電車が来たので、カティアはすぐに乗り、翔子に背を向けて座った。

胸がどきどきして、来週会おうという約束のぬくもりが心を温めていた。

3　鈴蘭女子学院

今年の七月前半のこと。五月末に学年が終わり大学を卒業したのに、師匠と喧嘩別れをして人生計画がだめになり、三か月も続くアメリカの夏休みを空しく過ごしていた。大学近くのカフェにアルバイトの問い合わせに行った時、ラテを手にした日本語の吉永先生にばったり会った。先生は、カティアの心を揺るがす事件があったことを知らなかった。笑って話しかけてきて、カティアがフルタイムの仕事を探していると聞くと、驚いた顔をした。

「クリステンセンさんは専攻が美術だし、卒業後修士課程に入ると言っていたと記憶していますけれど、違うんですか？」

「……ええ。予定が変わったんです。これからどうするか考える時間が必要だから、とりあえずアルバイトを探すことにしました」

「そうですか。それなら日本にでも行ってみませんか。昨日知り合いから連絡があったんです。有名な女子校で英語教師が急病で帰国して、代行の先生を急いで探しているとのことです。大阪なので、京都も近いし美術の面でも面白いつながりができるかもしれません。いかがですか」

カティアは吉永先生の案に飛びついた。将来の道が絶たれたその時の自分にとって、願ってもない素晴らしいチャンスだった。即座に、応募したいと言って、その日のうちに書類をかき集めて提出した。高校側も代行の教師を探すのに必死だったので、仕事はすぐに決まった。

飛行機代は学校が負担してくれることになっていたが、最初の給料が入るまでの生活費やアパートの頭金も必要だった。その余裕はないと知っていてもミネソタで一人で暮らしている母に貸してもらうしかなかった。予定が決まってからは、パスポートとビザの手続きを済ませ、ひたすら出発の日を待った。

ようやく飛行機に乗れた。機内で硬くておいしくない寿司をかじり、懐かしい成田空港に着いた。空港でコンビニに入り、デルタ航空の寿司よりずっとおいしくて安いおにぎりを買って食べた。

高校が用意してくれた大阪のアパートに着いた。最小限の家具を買い入れ、週明けには万博記念公園駅でモノレールに乗って、まだ夢心地のまま新しい勤め先に出勤した。

鈴蘭女子学院のキャンパスは広くてきれいだった。高い丘の上にあって、街を囲む深緑色の山々を見下ろすことができる。現代風の白い校舎の他に尖塔《せんとう》付きのチャペルもあり、絵ハガキにあるようなスイスの村に似ていた。

チャペルでの礼拝がちょうど終わったところで、ベージュのジャケットや紺色のセーターに格子縞のスカート姿の女子生徒がオーク材の高いドアからあふれ出てきてスイスの村の幻を消した。彼女たちはカティアの知らない学校生活について声高にしゃべっていた。その勢いに圧倒され、カティアは二、三歩後ずさってしまった。

カティアはキリスト教徒ではない。故郷にはカソリック教とルーテル教の教会がある。日曜日、人々は教会に行ってからファミレスでブランチをゆっくり食べ、帰宅すると、女の人は料理や裁縫やホビーをしてくつろぎ、男の人はワークショップで大工などをする。一度日曜日に両親とファミレスに行った時、教会帰りの家族が外行きの服を着てランチを食べている光景を見たことがあった。が、教会で彼らが何をしているのかはわからなかった。

学院は理想的なスイスの村とはまったく違っていた。ピンチヒッターとして来たこともあって、最初のうちはチヤホヤされていたが、それは束の間のことだった。吉永先生の宣伝とは違って、カティアが教育についてまったく無知で、教える能力がゼロに近いと気づかれてからは、学校側の態度がコロッと変わった。

評判が高い学校だけに、教育方針へのこだわりと思い入れが強く、茫然と教壇に立ち尽くし何も言えないカティアには深く失望したようだった。

「グッドモーニング、ガールズ」ときちんとした発音の英語で生徒に話しかける日本人教師と違って、カティアは緊張のあまり声が震えた。おまけに、黒板に文字を書くためには普段ポケットに突っ込んで隠している手を使わなければならない。そうなると、みんなにライダーの手を見られてしまう。生徒たちが気持ち悪がっているに違いないと思うと、手が動かなくなった。

新米教師の緊張を敏感に感じ取った生徒たちは、うんざりした表情でカティアを見返していた。

カティアには教材が与えられ、そのとおりに教えるだけでいいのに、なかなかコツがつかめなかった。大学出なのに、英語の文法を勉強したのは田舎の中学時代の一年間だけで、英語教師たちが知っている難しい文法については何もわからなかった。知っているはずの基礎でさえ、とっくに忘れていた。つまり、ネイティブの自分は英語科のベテランの日本人教師たちより文法理解のレベルがずっと低かった。そのために主任教師である向田悦子先生は忙しいのに毎日時間を作ってカティアに英文法を教えることになってしまった。

以前のカティアなら、飲み込みは早かったはずだが、ライダーと別れて以降ＩＱも低下したようで、文法の細かいルールが脳を素通りしていった。

向田主任に『The Basics of English Grammar（基礎英文法）』という、十九世紀の宣教師たちが使っていそうな本を渡され、毎日夜遅くまで読んだ。二週間でアメリカの高校生が学ぶ文法をマスターできたが、第一印象がよくなかったせいか、生徒との関係はだんだん悪化した。

中学三年生の授業は文法も比較的簡単で生徒たちも素直だったが、高校二年生の授業は妙な雰囲気になっていた。忙しい生徒たちはカティアの授業を自習時間と決めたらしく、少しずつ上手になったカティアの講義の間、平気で数学や古典の教科書を広げていた。

　難しいのは英語の文法だけではなかった。教壇に立つと、目の前にまったく同じように見える生徒が三十人も座っていた。来てすぐのころ、必要なら出席簿の漢字をローマ字で書いてあげると同僚に言われたが、大学で四年間勉強して漢字がいろいろ読めるようになったカティアにはプライドがあったので、大丈夫だと言ってしまった。頑張れば読めるようになると高を括っていたが、三十人×四組の日本語の苗字を読むのはただごとではなかった。四年間勉強して、「藤原」や「山崎」は読むことも書くこともでき、「真田」や「長谷川」などの意外な読みの苗字もいくつか理解して得意になっていたところだったが、「更衣」や「勅使河原」のような難解な苗字に出会った。出席簿にふりがなを書くわけにはいかなかったので、出欠を取るのが自分でもイライラするほど遅く、出だしから授業が難航した。

　生徒はますます不機嫌になり、四週間目の火曜日に、Ａ組の授業で意外なことが起こった。出席簿を開こうとした時、一人の生徒が教壇の前に現れた。百二十人もいる教え子の顔はまだ同じように見えたが、優等生風なこの子の顔はなんとなく覚えていた。

「岸部《きしべ》玲奈《れいな》です」

　生徒はテキパキと名乗った。

「はあ。何か御用？」

カティアは英語で聞いた。

「時間を節約するために、今日から私が出欠を取ります」

そう言って、岸部玲奈は返事をする余裕も与えずに出席簿を手に取って苗字を読み上げ始めた。カティアは呆気《あっけ》に取られて見守っているだけだった。

出欠は驚くほど速やかに済み、岸部は最前席の机に座って、カティアに向かって顎を引いた。

「では、講義を始めてください。今日は動名詞の勉強でしたね」

カティアが呆然と立ち尽くし何が起こったのか理解しようとしていると、岸部はまた口を開いた。

「文法の用例から始めたらいかがでしょうか。それから、六十五ページの会話をペアでやらせればいいと思います。ペアを組むのは私が手伝います」

教室の後ろからヒソヒソ話が聞こえ、何人かの生徒がクスクス笑った。岸部に対して呆れているようにもみえたが、カティアのことを無能だと決めつけているようにも感じて、頭が真っ白になった。今何をしようとしていたのかとっさに思い出せなくなり、岸部のいうとおりにしてしまった。

次の日も岸部が出欠を取り、カティアにどう教えればいいか助言した。最初は気持ち悪く思ったが、新しいやりかたで授業を行っているうちに岸部に好感を抱き始めた。頭が切れる生徒で、カティアの授業以外でも組のまとめ役らしい。英語が好きで、授業に介入する理由は効率的に勉強したいだけかもしれない。

岸部がマネージャー役の授業は効率が上がり、他の授業の教科書を開けている生徒は少なくなった。カティアの方も、認めるのは恥ずかしいが、岸部の進行に学ぶことが多く、徐々にまともな授業を行えるようになってきた。

毎日授業に行く時、今日は岸部に頼らずに先生らしく授業を行うと自分に言い聞かせたが、鐘が鳴るといつもタイミングを失って先を越された。

生徒の方は三つのグループに分かれているようだった。岸部の力を借りずに授業ができないカティアを軽蔑して冷たく振る舞っている生徒が半分弱、岸部が授業を取り締まっているおかげで落ち着いて勉強ができ、満足している学生が三分の一以上で、カティアに少しずつ好意を抱き始めている生徒が五、六人いる気がした。

理想的な授業ではないが、岸部の指導の下で良い先生になれるように努めようとカティアは思った。

ところが、一週間も経たないうちに、向田主任に２３７号室に呼ばれた。古い教材や使われなくなったテープレコーダーやファイルが収納されたクロゼットみたいな部屋だった。天井近くに小窓があるだけで、なかは暗かった。

「カティアさん」

向田主任は、質素なリボンが付いた真っ白いブラウスが薄く光る暗闇の中できっぱりと言った。（クリステンセンという苗字を言うのが面倒なようで、教師たちからカティアは名前で呼ばれていた。ただ、主任だけはいつからか「カティア先生」ではなく「カティアさん」と呼ぶ

ようになっていた）

「カティアさん。高二のA組の授業は岸部玲奈が出欠を取っているそうですが、本当ですか」

この部屋は本や器具や古い教材がいっぱい積まれているせいで、防音がしてある拷問部屋を連想させた。鼓動が聴診器を当てられたようにはっきり聞こえた。

「そうなんですけど」

カティアは答えた。この会話は英語で行われているのに、相手がネイティブスピーカーで、カティアの冴えない英語が第二言語のように感じられた。

「よくないですね。出欠を取るのは先生の責任です。生徒にやらせるなんて、不思議なやり方です。アメリカではそうするのですか」

アメリカではそんなことはしないとわかっていながら、向田主任は聞いた。

「いいえ、あのう、岸部が自分から、ボランティアで……」

「あのね。岸部玲奈は優等生なので、カティアさんが教室の秩序を保つことができないと知って手伝う判断をしたのだと思いますよ。それでカティアさんは助かったつもりでいるかもしれませんが、こうしたやりかたが続けば最低な結果になります。ここの生徒たちはみな頭がよくて、気が強い生徒も多いのです。授業を船に例えれば、カティアさんはキャプテンであるべきで、生徒たちは船乗りです。教師がキャプテンでなくなれば、反乱が起こります。そういう結果を望んでいるのですか」

カティアはもちろんそんな結果は望んでいなかったので、いいえと答えた。

「カティアさんの授業を何回か見せてもらっていますけれども、指揮を執らずに、ただ何かに流されていく感じで、どういうつもりで教えているのかわかりません」

「……」

「どういうつもりなのですか」

カティアは床をじっと眺めた。何かの「つもり」があって教えていないのは主任にもわかっているし、答えようがなかった。緊張が高まり、足がしびれ、体が宙に浮きだしたようだった。部屋がグルグル回り始めた感じがして、何よりも嫌いなあの時のことを思い出しそうになった。あの時も、世界がグルグル回っていて混乱していたのに、どう答えればいいのかわからない質問を次々にされた。世界そのものが、恐ろしく大きい力に振り回されていて、足場が見つからなく……。

セーターのポケットに隠している手が、太陽の塔のコンクリートの手のようにずっしりと重くなった。

なんでもいいから、あの時ではなくて今に存在している証《あかし》がほしくて、主任のハイヒールの先端に意識を集中した。紺色の質素なつま先は少しだけ安堵《あんど》を与えてくれた。

カティアはさらに説教されたあと、ようやく部屋から解放された。

次の日はカメラを持ってきて、全生徒の顔写真と出席簿の写真を撮り、コンビニで現像してもらった。そして、プリントをアパートの壁に貼り、その下に生徒たちの苗字と特徴を書いて、毎夜寝る前にマントラのように唱えた。

そのおかげで、竜骨《キール》が折れかけた船が、一応カテイアがキャプテンのまま、新たに海に乗り出すことができた。

4　モノレールに乗る

カテイアは自分の指を見下ろした。ライダーの手の指はフレンチマニキュアをさせられ、より不気味なものになっていた。

翔子と一緒に「ヴィヴァラＮＡＩＬＳ」というマニキュア専門店の前に立っていた時に、「カテイアさんはどうしていつも手を隠しているの？　とてもきれいだし、爪の形も美しいのに。手を粗末にしては私がせっかく作ってあげる帽子が台無しだから」

と翔子が突然言いだして、カテイアの手首を引っ張って店に入ってしまったのだ。

マニキュアを塗られた手はあきらかに男の手なのに、爪だけが美しくなっていた。翔子はどうしてこの手がきれいだと言ったのだろう。不憫に思い、マニキュアで慰めるつもりだったのかもしれない。

マニキュアができるほどライダーの手の爪が伸びたのは初めてだった。今年卒業した大学では美術専攻陶芸コースだったので、轆轤《ろくろ》に座らない日はほとんどなかったのに、この四か月の間は、一回も器を作らなかった。円盤の上に粘土をおいて水をかけ、手のひらで囲み、伸ばし、手を入れて空洞を作って、広げる。粘土に魂が宿りはじめる瞬間に、自然と笑みがこぼれる。今年の春まではその感覚が生き甲斐だった。

人生を捧げるつもりだったその仕事を、師と喧嘩したことで永遠に失った。

すぐにでもマニキュアを落としたいのに、翔子の気持ちを思うとそうはできない。

翔子と出かけるのはこれで三回目だった。マニキュアは英語の翻訳が無事にできたご褒美だったようだ。これで「おあいこ」と言っていたから、翔子との関係も終わってしまうのではないかと心配したが、観覧車に乗ろうと誘ってきた。梅田のＨＥＰ ＦＩＶＥというファッションビルの屋上にあると聞いてドキドキしたが、乗ってみるとあまりに遅いのでガッカリした。

観覧車の頂点に近づくにつれ、足元に大阪と神戸が広がり、都会と港と山がどう繋がっているかも展望できた。翔子ははしゃいでいて、はるか遠くの灰色のビル群にしか見えない場所を示しては、「あそこは難波。遊べる店がたくさんあるよ」「あそこは天王寺よ。動物園が見える？」と叫んだりした。

カティアはどこも知らないので、「いいですね」「楽しそうですね」としか言えなかった。

もっと面白いことを言わなくちゃと思った。

「ずいぶん大きな都会ね。ゴジラでも足が疲れるでしょう」

翔子は真面目に頷《うなず》いた。

「ゴジラも、いろいろ大変だろうね」

カティアは勇気を出して、

「ゴジラには、この観覧車はロリポップに見えるでしょうね」

と言ってみた。

「そう、そう！　ペロペロキャンディみたいに手に取って舐めるの。高層ビルに腰かけて、ちょっとした息抜き。キャハハハ！」

ゴンドラの中ならだれにも聞こえないと思い、カティアも、

「……キャハハ」

と翔子より小さい声で笑った。

二人は観覧車の頂点に近づいた。翔子はカバンからぶら下がっていた小さいぬいぐるみを窓の縁に乗せて大阪を見下ろさせて携帯で写真を撮った。

ゴンドラはゆっくりと上がり、少しの間だけ一番上になった。

カティアは突然、重いものから解放された気がした。不思議なことに父のことを思い出した。父はカティアが小学校六年生の春に母と自分を捨ててどこかに行ってしまったのだが、それまでは優しくていい父親だった。こんなに高くから世界を見下ろしていると、父の今の居場所も見える気がした。

父は、幸せなのかな。できたらもう一度会いたい。

「どうしたの、急に静かになって」

「なんでもない」

ゴンドラはもう下降しはじめていた。降りる間も楽しい会話が続いたが、少し寂しくなった。翔子とは駅で別れた。次にいつ会えるか聞きたかったが、何気ない風を装って手を振っただけだった。

梅田からの帰り道は長かった。山田でモノレールに乗り換え、万博記念公園駅に着くまで目を閉じ、今日の楽しいことを反芻《はんすう》していた。モノレールはやがて速度を落としホームに着き、扉が開いた。降りて改札に向かおうとしたが、リュックがおかしいと思って下ろしてみると、ジッパーが開いていて、梅田のスーパーで買った「お〜いお茶」と、湿ってフニャフニャになりかけている宿題のフォルダーが落ちそうになっていた。向田主任はカティアが宿題を学外に持ち出すのに反対していたが、学校だけで採点していると溜まってしまうので、どこに行くにも持ち歩き、空いた時間にどんどん片づけていた。

ホームのベンチに座り込んでしばらくフォルダーを整理していたが、ふと、強烈な視線を感じて顔を上げた。

三十代前半に見える陰気な感じの男がこちらを見ている。ジーンズに赤と紺の格子縞のフランネルシャツという格好は、仕事帰りのビジネスマンとも、若い社会人の男性とも似ていなくて、わずかにずれた感じがした。ぱっとしない色のショルダーバッグはフランネルシャツと調和していない。それなのに、陰気な割には顔立ちがよくて、髪型はイケメンっぽい。

男はなんだか危なそうだ。射るような目と黒くて厚い眉には張り詰めた雰囲気がある。ユーモアが微塵《みじん》も刻まれていない薄い唇の線もカティアを警戒させた。

ライダーの手に気づいているに違いない。慌ててリュックのジッパーを閉じて手をポケットに突っ込んだ。

それでも男はじっとカティアを睨《にら》み続けた。

人々は家路を急いでいた。ホームにいる人はどんどんエスカレーターで降りていくが、男はその場に立ったまま動こうとしない。

身震いがした。この男はなんだか、サイコパスみたいだ。

男が突然動き出して、一直線にカティアに向かってきた。

カティアは狼狽《ろうばい》したが、サイコパスでも、乗客が何人かいる午後九時半のホームの上で自分を刺し殺すことはないだろうと思った。

サイコパスはどんどんやってくる。石炭のような真っ黒い目は眼窩《がんか》に沈み込んでいて、恐ろしかった。男の尋常でない動きにつられるように、ホームに上ってくる通勤客の視線は男とカティアに集中する。

モノレールがホームに滑り込んだ。

カティアはふと、命を諦めてもいい気分になった。翔子ともっと親しくなれないのは残念だが、殺されれば苦しい教師生活もなくなるし、轆轤のない人生と心を踏みにじったライダーのことも、もう考える必要がなくなる。この憎い手からもようやく解放される……。

日本で死ねば、成仏するのだろうか。それとも天照大御神《あまてらすおおみかみ》のところに行くのだろうか。いや、あそこは外国人立ち入り禁止だよね、あるとしても。

まだ若いが、すべてのプラスとマイナスを計算すれば、死ぬ方がプラスかもしれない。

男は右手を鷲の爪のように構え、カティアのシルクのブラウスの襟を強くつかんだ。衣《きぬ》が引き裂かれるかすかな音がした。

彼は襟をつかんだまま、カティアの体を三、四回激しく揺さぶった。それから、低い声で命令した。

「電車に乗りなさい！」

「……」

「電車に乗りなさいと言っているんだ！　どうして乗らないんだ」

サイコパスは破れたブラウスの襟首を離して、長くて冷たい指でカティアの首をつかみ、揺さぶりながら怒鳴り声で問い詰めた。

「どうして乗らないんだ！」

爪が首に食い込んだ。カティアは締め上げられた首から声を絞り出して答えた。

「の、り、ま、す」

すぐにでも命令に従って自由になりたいのに、男はなかなか首を離さない。

ホームに上がってくる通勤客は、自分のすぐそばで繰り広げられているドラマに、努めて気づかないふりをしていた。中には、うるさがってカティアたちを睨むビジネスマンもいた。カティアは死にそうになりながら、今ほど北大阪のビジネスマンたちを憎んだことはないと思った。

男は突然、カティアを突き放した。そして、燃える目でカティアの顔を凝視し、生真面目なまなざしで、念を押すように繰り返した。

「電車に、乗るんだ」

「は、はい」

カティアはかすれた声で答え、どういうわけかサイコパスにお辞儀をした。そして、閉じようとしている車両の扉に体当たりし、たくさんの人をいらだたせながら乗ることに成功した。車両の中からホームを見ると、サイコパスは突っ立ったまま、こちらを睨みつづけていた。

モノレールは万博記念公園駅を出て、行きたくもない門真《かどま》市方面へカティアを運んだ。ホームのベンチの上には置き去りにしてしまったリュックがあった。

「Shit!」

カティアは英語で舌打ちした。リュックには生徒の宿題も、財布も外国人登録証も入っている。「お〜いお茶」を失ったのも惜しい。

引き返すために必要な二十分の間に、彼にリュックを持ち去られるに違いない。サイコパスだし、荷物をかっぱらうくらい朝飯前だろう。

万博記念公園駅に戻ったカティアは、奇跡的にベンチに残っていたリュックを背負って、宿題とお茶の重みをありがたく感じながら駅を出た。夜空に、街を圧倒する巨大な太陽の塔とエキスポランドの大観覧車が光りながら聳え立っていた。

塔は傲慢な顔と無目的な尖った手を広げ、空とカティアの間に立ちはだかっている。塔は、サイコパスがなぜカティアをモノレールに乗せようとしたのかも、なぜリュックを盗まなかったかも、わかっているかのような表情だった。

カティアの弱みを熟知している塔は、シルクのブラウスが破られた自分の裸の胸元を、冷たい目でじっと見つめていた。

モノレールの駅から子連れの母親が出てきて、カティアが破れたブラウスをマニキュアの手で握って裸を隠そうとしているのを見ると、急いで顔を背けた。

カティアの胸はズタズタのブラウスの下で怒りに燃えた。胸を隠すために手をだれからも見える位置に置かなければならないのが悔しい。

「こんばんは、太陽の塔」

カティアは皮肉を込めて挨拶し、塔に向かって舌を突き出し、寄り目をしてみせた。そして、駐車場を突っ切って、坂の下にあるアパートへ歩き出した。さっきサイコパスに襲われた時には、傍観者みたいに見ていただけなのに、今になって目頭から涙がぽろぽろ流れはじめた。

ぼんやりと坂道を下り、アパートのドアを開けて倒れこんだ。

首が痛いので撫でようとしたが、マニキュアを塗られたライダーの手を見て嫌悪感が湧き上がり、手を床に叩きつけた。ズタズタになったブラウスを乱暴に引き裂いて床に投げ捨て、喉が割れそうな勢いで何回も叫んだ。

しばらくして起き上がり風呂場に行った。喉と胸を鏡で見ると、サイコパスの手の痕が肌に赤く残っていた。

5　数学の教師

その週末はほとんどアパートで横になっていた。月曜日にいつものように出勤したのだが、モノレールに乗っている間、サイコパスに襲われるのではないかと気が気でなかった。

高二A組の授業で、チョークを持ったまま黒板の前で突然動けなくなってしまった。やるべきことは、右手のチョークで黒板に「座る」の過去形を書くことだったが、その過去形が「sat」か「sitten」か、思い出せなかった。カティアが育ったミネソタの田舎ではちょっとした方言が使われている。例えば「借りる」と「貸す」は両方「borrow」という「貸し借り」みたいな意味の動詞を使うことがある。カティアは正しい英語の表現をうろ覚えのまま大学まで進んでしまった。マサチューセッツ州の一流大学では、カティアがレポートに書いた文章は文学部の教授に珍しい標本のように不思議がられた。

一方、鈴蘭女子学院の生徒たちは初めから正しい英語しか学んできていない。正直言ってカティアよりしっかりした土台ができあがっている。今誤った単語を黒板に書けば、英語が得意な優等生にすぐに指摘されてしまう。

視線をチョークから手に移した。この手をポケットで隠したくてたまらない。喉も痛い。まだ暑いのに、サイコパスの爪の痕を隠すためにタートルネックを着るしかなくて、汗をかいている。キスマークを隠している高校生みたいで最低だ。

「sat」と「sitten」は、どっちかは正しいはずなのに、両方間違っている気がした。背後で、ヒソヒソと何か言い合っている生徒たちがいる。イチかバチかどっちかにしなければならない。カティアは意を決して「sat」と書いて、その次に書くべき言葉も書いてしまってから、恐る恐る生徒たちのほうを振り返った。手を上げている優等生はいないから、たぶん「sat」で正しいようだ。

書いた文を生徒たちに音読させて次の問題に移ったが、頭は上の空だった。

授業がようやく終わり、英語科のオフィスに駆け込んで、幸長《ゆきなが》先生の机の前に立った。ふっくらとした丸顔で笑窪がかわいい幸長はドイツ語の先生だ。恐ろしい向田主任やテキパキと仕事をする冷たそうな英語の先生たちと違って、幸長先生は気さくで、気兼ねなく何でも尋ねられる雰囲気があった。来てすぐのころからいろいろと助けてもらっている。

次の授業まで十分しかないので、主任がいないことを確かめてから、急いで「sat」と「sitten」のことを聞いた。ドイツ語の先生なのに、やはりカティアより文法がわかっているらしい。

「さあ……」

幸長は眉をひそめて首を傾《かし》げ、真面目に考えているようだ。「『sitten』は聞いたことがないなあ。ちょっと待って」

　幸長は立ち上がり、参考書がズラリと並んでいる本棚に行って躊躇《ちゅうちょ》なく当てはまる本を引っ張り出した。カティアは脇下に滲《し》みだした汗が一筋の川になってウエストバンドに吸収されるのを感じながら、主任が戻って来ないことを祈った。

「『sat』が正しいようね」

　幸長は面白い発見をして喜んでいるような笑顔を浮かべて戻ってきた。

「難しいことを聞いてすみません」

「難しいこと？　つまらないことの間違いかしら」

　幸長は唇の端に笑いの蕾《つぼみ》をみせながら言った。

「あ、すみま……ありがとうございます」

　乏しい語彙から一つ選んで礼を言った。「……もう行かなくちゃ」

　その日はなんとか授業を終えて無事に下校し、緊張しながらモノレールに乗ったが、数日経ってもまだびくびくしていた。どこを歩いていても、どこに立っていても、背後にサイコパスの気配を感じ、鼓動が高まる。日本は秋になると日が暮れるのが早いので、万博記念公園駅で降りると暗かった。夜空には、強い照明で明るくなっている太陽の塔が、一日でニョキニョキ伸びてきたお化けキノコみたいに聳え立っていた。

　授業はひどいことになっていた。教室で黒板に向かうと斜め後ろにサイコパスがいる気がする。振り返らずに我慢していると、冷たい爪先が喉に伸びてくる。黒板に文字を書いているとマニキュア付きのライダーの手が丸見えで、恥ずかしさで縮みあがる。

不思議なことに、何を書いているのか理解していなくても手は動き続ける。英文字がどんどん黒板に並べられていき、宿題が採点されては生徒に舞い戻っていく。しかしその間中、空振りをしながら前のめりになって進んでいるようだった。

サイコパスのことはだれにも言っていない。幸長に相談しようかとも思ったが、学校が警察に連絡して大変なことになるだろうと考え直した。

そのまま数日経った。鈴蘭女子学院は運動会の準備で騒がしくなった。留学生のころテレビなどで見た行事なのだが、日本人が運動会に対して感じている熱心さは理解できない。カティアの学校は田舎なので生徒が少なく、カティアの学年には八十八人しかいなかった。小学校には陸上の日があって、麻袋に足を突っ込んで跳ぶ競争や二人三脚、徒競走やリレーなどはあったが、それはこれとは桁違いだ。

自分も参加すると聞いて、うっとうしかった。主任に命じられて参加しなければならないのは赤と白の玉を籠に投げ入れる競争だ。パフォーマンスの審査員の任務もある。玉入れ競争とパフォーマンスの審査員に選ばれたのは、たぶん、もっと頭を働かせる競技は、ガイコクジン、特に無能な自分には無理だと主任が決めたからだろう。パフォーマンスでも、名目上の審査員にすぎず、他の審査員が決めた結果に同意するだけでいいみたいなので、バカにされた気がした。

カティアよりは四、五歳ぐらい年上の教師である浮谷佳《うきやけい》も審査員に選ばれていた。浮谷は最近どこかから転職してきたようで、カティアみたいな新米教師ではないが、シャイで慎ましい態度に好感を持っていた。浮谷はずんぐりした体格で、カティアより一、二センチ背が低い。パッとしない古びた服を着て、足には黒いソックスに突っかけを履く。丸くてふっくらとした顔にはニキビの痕が残り、まなざしは優しそうで、突然笑って前歯を見せることがある。よく黙っているから、頭がよくないのだろうと最初は思っていたが、幸長によると恐ろしく頭が切れる人で、彼が来たおかげで数学の授業のレベルが上がったそうだ。

競技の練習がグラウンドで行われているのを見物しに行った。暑いので、木陰のベンチに座って、どこへ行く時も持ち歩く宿題の束をリュックから取り出し、採点しながら見ていた。その時、浮谷も近くのベンチにいて、連絡帳みたいなノートに何か書いていた。統計なのだろうか。

カティアは、十枚採点すれば一分間だけ練習を見てもいいというルールに決め、守りながらテキパキと仕事を進めていた。

浮谷は真剣に何かを書き続けていたが、額に汗が滲み出ていて、頻繁にハンカチで拭《ぬぐ》っていた。不器用な上に汗かきなのだ。

さらに十枚採点し終えて目を上げた時に、浮谷がベンチから立ち上がって、きまり悪そうに近づいて来ることに気づいた。

ここで仕事をしてはだめだと言われるだろうと思って、慌てて宿題の束をフォルダーに戻した。

浮谷は近くに来ると、戸惑いながら口を開いた。

「クリステンセン先生、ご迷惑かと思いますが、お願いがあるんです」

敬意を込めて苗字と「先生」で呼ばれたので驚いた。無能な自分には、数学の天才である浮谷先生に役立つようなスキルがあるとは思えない。

「実は、僕は重度の汗かきで、紙が濡れてしまったんです。たいへん申し訳ないのですが、この数字を書き直していただけませんか」

浮谷はビショビショになったハンカチはやめたようで、Tシャツの襟を持ち上げて額を拭きながら言った。「ほら、これではだれも読めないでしょう」

浮谷が恥ずかしそうに差し出したのは連絡帳から破り取った一枚の紙で、汗でウェットティッシュみたいになっている。浮谷がボールペンで書いた数字はインクが滲んでいて読みづらい。

カティアはびっくりした。この人は本当に頼みたいことがあって話しかけているのだ。おまけに、数字を書き直すという簡単な仕事だから、今の自分でもできることだ。

「いいですよ」

カティアは久しぶりに頬を緩めた。

浮谷はほっとした顔で「ありがとうございます。助かります」と言った。本当に困っている様子だった。

連絡帳と、浮谷が破り取った濡れた紙を膝に並べて、手をセーターで隠しながら浮谷が書いた数字を丁寧に写し始めた。やはり運動会の練習と関係のある数字だ。書いている間、浮谷はほっとした顔で見守っていた。不器用な顔の裏に、鋭い知性が働いていることを感じ取った。ひょっとすると、これをわざわざカティアに頼んだのは、心細そうにしているのがわかって応援しようと思ってくれたからかもしれない。

数字を書きながら、大学の日本語初級のクラスのことを思い出していた。一日だけ、先生の知り合いである書道家が授業に来て、「永世太平」という書を書く練習をさせた。カティアはそのころもライダーの手を気にしていて、だぶだぶのトレーナーで隠していた。漢字を書くために手を出す必要があるから最初のうちは緊張していたが、和紙の上の黒々とした墨の線に惹かれて夢中になった。

書道家は教室を回って、学生の書を見ては「前世は日本人だったに違いない」とか、「あなたは生まれつき才能があるね」とか、大げさにほめていたが、カティアのところに回ってくるとしばらく黙って見ていた。

「あなたは以前に書道を習ったことがありますか」

と低い声で尋ねた。今日が初めてだと答えると、「そうですか」と少し驚いた声で言ってから、「とめ、はね、はらい」について細かく教えてくれた。

ライダーが鍛えたこの手は粘土を操るためだけにあると思っていたが、轆轤で身につけた才能は筆を持つ時にも現れているようだ。轆轤で粘土を伸ばす時、つねに薄さと太さと形に気をつけなければいけないので、「とめ、はね、はらい」はすぐに取得できたのだ。墨の量を計るのも轆轤で水の使い加減を決めるのと似ているから、筆先が濡れすぎると紙に滲み、少なすぎると線が乱れるだろうとすぐに推測できた。

カティアにとって、その授業は貴重な体験となった。ライダーに教え込まれた技術を、ライダーと関係ない言語の授業でも使えると知って、深い解放感を味わった。カティアは何かから解放されたいとは思っていなかったから、その時の感情に驚いた。

その日のうちに日本語を続ける決心をし、ライダーには内緒で日本語に恋するのを自分に許した。

今数字を書いていると、昔持っていた力が少しだけ手に戻っているようだ。

浮谷は隣に座って仕上がるのを待っていた。終わると連絡帳と濡れた紙を受け取り、お辞儀をした。

「とてもきれいです。本当に助かりました」

浮谷はベンチに戻る途中、濡れた紙をゴミ箱に捨てた。カティアは練習が終わって浮谷が校舎に戻るまで採点を続けていたが、見られていないことを確かめてからゴミ箱に行って濡れた紙を取り出し、伸ばしてからポケットに入れた。この人の親切さと、少しだけ戻った希望の記念に、どうしても欲しかったのだ。

6　落ちた男

運動会の日は晴天で、朝なのに、皮膚がひりひりするほど暑かった。校内に入るとテンションが上がっているのを感じた。礼拝の間も生徒は落ち着きがなく、終わるとガヤガヤと石の階段を下り、グラウンドや校舎に向かった。教師たちも仕事があるようで、忙しく移動していた。自分は決まった仕事がないので教員室に戻り、校舎中にやかましく鳴り響く声や足音をぼんやり聞いていたが、しばらく待ってからグラウンドに出た。

生徒に何か説明していた向田主任はカティアを見て、苛立《いらだ》った顔で手招きした。

「どこに行っていたんですか。カティアさんはハ組だから、あそこの席に座って。玉入れが始まったらフィールドに出てください」

カティアは「あそこ」と思われるところのパイプ椅子に座ったが、体育の先生がやってきて違う席に座るよう指示した。その席も座り主がいるようで、さらに端の席に移るよう言われ、ようやく落ち着いた。

カティアは浮谷を探した。自分と浮谷は、手に苦しめられているという共通点があり、同志だと決めつけていた。

三十分ぐらい見物していると、玉入れの招集がかかったのでフィールドに出た。笛が鳴り、手を気にしながら少しだけ玉を入れることに成功し、ほっとしてパイプ椅子に戻った。その後も競技が延々と続くはずなので、退屈しのぎに浮谷の姿をフォローしていた。運動神経がなさそうでも、外国人というハンディ持ちのカティアよりは頼りにされているようで、汗を拭いながらいくつかの仕事をしていた。

この行事の最後で、一番盛り上がるらしい「騎馬戦」という競技が始まった。高三の選手たちが三人の馬役に支えられて競技場に入ってきた。頭には組の色の鉢巻をしていて、組のマークがついた派手なシルクのケープをなびかせている。観客から歓声が上がり、選手は手を振りながら空中を滑るようにグラウンドの中心へと進んだ。馬に支えられて登場するどの騎士も背が高くてカッコよく、下級生の憧れの的のようだった。選手たちは笑っていて、野蛮で、自信にあふれていた。

最初に競う二組の騎士と馬たちが位置に着いた。どちらもカティアが属するハ組の選手ではない。高く留まっている選手と馬役の周りには、落ちて怪我しないように運動の先生たちが群れを成して待機している。驚いたことに、浮谷もこの役割に選ばれたようで、トレーナーの脇の下に汗を滲ませながら真剣な顔で頑張っている。

ホイッスルが鳴り、真剣勝負が始まった。騎手は前のめりになって相手の鉢巻をとるのに必死だ。支えている群れはイソギンチャクのようにたくさんの方向に動いて揺れた。騎手は腕をばたつかせながら殺気だって取っ組み合った。

競技は長く続かなかった。紫色のTシャツを着たイ組の騎手が、敵の赤い鉢巻を持った手を高く掲げた。フィールドの横から、紫色の生徒たちが歓声をあげながら飛び上がっていたが、運動着を着た先生の群れに異常が起きたようだ。中心にいるだれかが、他の先生に支えられて、右の足首を握りながらゆっくりと地面に座り込んだ。

浮谷が足首を怪我したのだと気づいて、息をのんだ。

運動が得意でない彼は真剣に行事をこなそうと頑張っていたのに、あんまりではないか。

そう考えた数秒後、強烈な記憶がカティアを襲った。

ライダーが梯子《はしご》から落ちた！

ライオンみたいに大きくて逞《たくま》しい体に素晴らしいバランス感覚を持っているはずの彼が、ドタドタと落ちてきてスタジオのコンクリートに叩きつけられた。その瞬間に彼が知った羞恥と、どうすることもできない無力さが、自分の胸にも響いた。

その後で起こった、脳裏に焼き付けられて今でも消えることのないあのこと……。

封印された記憶は映画の予告編のように流れ出してきて容易に止められなかった。慌てて立ち上がり、浮谷が倒れたところへ向かう先生たちをかき分けて、グラウンドから逃げた。だれかに話しかけられるのを恐れ、急いでチャペルに入り、聖歌隊席に上ると、オルガンの陰にしゃがみ込んだ。

……ライダーがその時見せた、苦痛と怒りで歪んだ暗い顔を思い出していた。

彼はカティアに向かって、

「椅子をもってきてくれ」

とぶっきらぼうに言った。「君だけではぼくを支えられないだろ。椅子を！」

カティアは怒られていると思って、激しく震え出した。

「何をグズグズしている！　早くしろ！」

「は、はい」

師匠をどうにか支え、椅子に座るのを手伝った。

「ジェニーを呼べ」

「はい」

スタジオから走り出て、ライダーのパートナーであるジェニーを探した。

屈強であるべき師匠が倒れた。恐ろしい目で睨まれて怒鳴られた。それなのに、有頂天だった。ライダーはジェニーを呼ぶ前に、カティアに体を起こすのを手伝わせた。恥ずかしい姿をジェニーに見せたくないからだ。やはり一番親しく思って頼りにしているのはジェニーではなく自分なのだ。興奮が体中に流れ、走っているのに地面がどこにあるかわからなかった。

その夏は、それから……。

カティアは頭を抱え、次々と襲ってこようとする記憶を必死に防いだ。

結局三十分もチャペルでじっとしていた。グラウンドに戻った時にはもうパフォーマンスが始まっていたので、審査員の仕事には間に合わなかった。だれもなにも言わなかったが、カティアがダメな人間だという同僚の印象を深める結果になったのは確かだった。

その日はできるだけ早く学校を出てアパートに帰った。何も考えないためにテレビをつけて、寝るまで煎餅を齧《かじ》りながら見ていた。土日と、振替休日である月曜日も、宿題を片づけながら同じように過ごした。

火曜日は寝坊してしまい、アパートを出るのが遅くなった。教室の雰囲気は先週よりも悪くなっていて、高二の授業は全然だめだった。英語が好きで、カティアの授業が下手でも懸命に耳を傾けて勉強している生徒は二、三人ぐらいしかいなかった。カティアを半分無視して他の授業や塾の宿題をしている生徒は二十人ぐらいいて、明らかに敵意を示している生徒が四、五人いた。

岸部の組に、英語が得意ではないのにカティアの講義を熱心に聞いている子が一人いた。名前は広瀬《ひろせ》結衣《ゆい》で、後ろの端の席に座っていた。出来は全然よくないが、ちゃんと講義を聞いて、少し鈍い手つきでノートも書いている。この子には毎日元気をもらっていた。自分にとって難しい課題に、及ばずながら真面目にとり組んでいる様子は、大学の頃の自分自身に似ていた。

金曜日になり、カティアは立ち直り始めた。サイコパスの真っ黒い目と冷たい爪も、あれほど生々しく蘇った師匠の顔も薄らいだ。

礼拝が終わって教員室に入り、いつもより余裕を持って教案を準備していると、久しぶりに平和な気持ちになっていた。教員室の窓は開いており、涼しい秋風が吹いていた。日差しは気持ちよく、コンピューターの画面の文字が読みにくいほど明るかった。雑然としていた机は昨日初めて整理することができ、新しく買ったコースターにウーロン茶のペットボトルが置いてあった。

「やっと、落ち着いた」

とカティアは日本語で呟いた。「順調」や「穏やか」など、何となく知っている表現をつぶやいて、冷たいウーロン茶に手を伸ばした。

教員室のドアが突然開けられ、向田主任に次いで怖い犬山洋子先生がカティアの机に向かって突進してきた。

その勢いにサイコパスを連想し、飛び上がって数歩後ずさりしてしまった。

犬山は荒く息をしながらカティアを睨んだ。「授業の時間ですが、どうしてここにいるのですか」

「カティア先生！」

「授業？」

どういう意味だろうと、カティアは眉をひそめながら突っ立っていたが、徐々に意味がわかってくると、心が冷たい塊になった。

机の上に敷いている透明なプラスティックの板に目を走らせた。その下に入れたばかりの白い紙に、授業のスケジュールが書いてある。曜日によって異なるスケジュールなのでいつも混乱させられる。信じたくないが、スケジュールの今の時間には「A組203号室」と書いてあった。

さっきまで楽しんでいた、この仕事をようやく自分の物にしたという気持ちは、ただの錯覚だったのだ。余裕を感じていたのは、行くべき授業に行っていないからだ。

「本当に、本当にすみません。ごめんなさい。忘れて申し訳ありません」

感情を込め過ぎた謝罪が次々に口から溢れ出した。

「カティア先生」

「はい」

「謝るより、今すぐ教室に行きなさい。生徒たちが待っているんですよ」

「は、はい」

犬山にじっと見られながら、震える手で教材や本を掻き集めた。授業に必要なものが揃ったかどうかわからなかったが、とにかく早くその視線から解放されたくて、教科書などを引っつかんで教員室を飛び出した。

授業中なのでしんと静まり返った廊下を急ぎ、教室のドアの前で足を止めた。

美しい歌声が聞こえて、一瞬、死んで天国に行ったのではないかと疑ったが、それよりも不思議なことが起こっていた。

A組はオルガンに合わせて讃美歌を歌っているのだ。人気者である社会の先生が紹介して以来、高二の生徒の間で流行っている讃美歌で、六〇年代にはアメリカの若者の心を動かしたプロテスト・ソングでもあった。

A組の生徒たちは、カティアの下手くそな授業から解放されたくて、プロテスト・ソングで訴えていたのだ。

7 指揮を譲る

生徒たちのプロテスト・ソングは鈴蘭女子学院で有名になった。

その日指揮を執ったのは宮田菜穂という生徒で、カティアに敵意を表している四、五人の生徒のリーダーらしかった。カティアが教材を落としながら教室に駆け込むと、夢中になって歌っていた生徒たちは驚いて、しぶしぶ席に戻った。以前のように取り締まってくれないかと岸部の顔を見たが、彼女は冷たい顔でカティアを眺めるだけだった。講義を始めても、英語が好きな子を含めてだれも耳を傾けてくれなかった。黒板の前で話しているカティアと、机でヒソヒソしゃべっている生徒たちは、まるで別行動をとっているみたいだった。

カティアは怖くなった。自分が維持すべき教室の秩序が、地盤が滑るように崩れていく。何を教えているのか理解せずに、意味が定かでない言葉をチョークで書き続けているだけだ。

そのうち、端の席にきちんと座り、何事もなかったかのようにノートを付けている広瀬結衣に気づいた。

広瀬は、まだ聞いてくれている。そう思うと、揺らがない小さな足がかりができた気がして、どうにか授業の最後まで教壇に立つことができた。

ようやく鐘が鳴って解放され、すばやく持ち物をまとめて教室から逃げた。

その午後、カティアは主任にまたクロゼットみたいなあの陰気な237号室に連行され、「責任」についての説教を聞かされた。聞き流すだけではだめだった。気をつけて聞いていないと確認の質問をされるからだ。主任が求めている答えを出そうとしたが、主任が暗示している意味を必ず誤解して睨まれた。頭の悪い生徒のように何回も諭されてやっとのことで主任を満足させるような言葉を発することができ、疲れ果ててクロゼットから出してもらえた。

すぐにでもアパートに帰りたかったのに、時計を見るとまだ三時間目の授業が始まったばかりだ。その日は午後の授業が三つもあった。

最後の授業が終わり、頭を机に突っ伏して休んでいると、近くの机から陽気な声が聞こえた。

「今日はお見事でしたね」

幸長のいたずらっぽい声であった。

「うん。私ってだめな人間ね」

「そうかも」

聞きたかった慰めの言葉ではなかったが、幸長の口調には、だめな人間でもかまわないでしよ、それがどうしたの？　というニュアンスがあった。

「私もだめな人間なの」

「そんなことは……」

「いいえ、だめ人間資格試験に合格したから、間違いない。その試験に合格するの、難しくないからね」

カティアは思わずふっと笑った。

「どうやって合格したんですか」

「昔チクワという名前のチワワを飼っている彼氏がいたの。私はその犬がきらいで、よく悪口を言っていたんだけど、彼氏は面白がって笑っていたわ。ある日、ふざけてチクワを足で踏む真似をしたら、バランスを崩して本当に踏んでしまった。ハイヒールが犬の足に刺さって、骨が折れてしまったの」

「うそでしょ」

カティアは頭を上げた。

「うそならどんなによかったか。獣医が失敗して骨が治らなくてね、チクワはずっと脚を引きずって歩いていたわ。もちろん、彼氏にもふられた」

カティアはクスッと笑った。

「立派でしょ？」

「ええ……お見事」

プロテスト・ソングが歌われたのは金曜日で、翌週の月曜日に、向田主任が教室に見学に来た。厳しい顔でノートにたくさんのコメントを書き、何も言わずに出て行った。その後も、執行猶予の犯罪者みたいに主任と同僚たちに観察され、トイレに行く回数や、放課後の掃除に積極的に参加しているかどうか、お弁当の内容が手作りかどうかまで見られた気がした。

態度を改めたい気持ちは山々だが、もともとの問題は態度ではなく、教える才能がないことなのだ。

永遠に続くかと思われた主任たちの監視からはようやく解放されたが、ある日、教壇に立って授業を始めようとすると、岸部玲奈が眼の前に現れた。淡い水色のブラウスにジーンズ姿の岸部は、知的なネズミみたいに大きくて黒い目でカティアを眺めた。

「岸部さん。何か?」

「クリステンセン先生。効率的に英語を教えていただくために、やはり私が力を貸す必要があると思います。他のクラスに遅れを取ってはいけないので」

「いいえ、大丈夫です……」

「先生。大丈夫じゃないです。私の援助が必要です」

カティアは、自分が年上で教師なのに、またクロゼットに連れて行かれて説教を聞かされているみたいに震え出した。教室を見回すと、生徒たちは何も言わずにじっと勝負を見守っている。岸部の通告は独断ではなくて、クラス全員が話し合った結果なのだろう。

顔から血が引いて青くなった。淡い金髪に白い肌の自分は、まさにお化けに見えるだろう。今のうちに権限を奪還《だっかん》しなければ、岸部が教室を支配する元の状態に戻ってしまって、また237号室に……。

早くいい言葉を考えなければ。しかし、眼前に立っている優等生を引き下がらせる言葉は思いつかない。

岸部は完璧な英語で、諭すように言った。

「先生にとっても利点はあります。先生は今、向田先生の怒りを買っていますが、私に指揮を譲れば、授業がスムーズに進むようになります。そうすると、向田先生が文句を言えなくなります。前回みたいにバレないように、みんなは秘密を守ります」

岸部は口を挟むチャンスを与えずに続けた。「先生、楽になりますよ。先生の質問に答える順番を決めましたので、苗字を思い出しながら当てる手間も省かれます。宿題の採点はできませんが、簡単に採点できるように私たちで整理します。先生、いかがですか」

岸部はカティアの顔を見て、慰めるように付け加えた。

「先生が話す英語は素晴らしいです。先生はビューティフルです。教えるのが上手になるまで、どうか指揮は私に任せてください」

真ん中あたりにいる二人の生徒が、大きな紙を持ち上げた。少女漫画ふうに描かれたイラストの中で、カティアは★や♡に囲まれながら岸部と一緒にポーズを取って、ピースサインをしていた。

微妙。応援されているのか、バカにされているのかわからない。

茫然と立っているうちに、時間が滑っていってしまう。

セーターに隠れたライダーの手がだらりとぶら下がっているのを意識し、自分で人生を決める権利をとっくに放棄したのを思い出した。

カティアは、岸部の顔を見て、頷くという簡単な選択をした。


「まじ⁉」

翔子は驚いた拍子にビールの泡が鼻孔に入ってしまったみたいで、何回もくしゃみをした。

「代わりに授業、教えてくれるの？　最高じゃない？」

二人は梅田のお好み焼き店にいた。

翔子はカティアの顔を見て、

「いや、待って」

とつぶやいた。「やばいかも」

カティアは翔子が注いでくれたビールを啜《すす》って、頷いた。

「全然良くないよ」

「そうだよね」

翔子はウエイターが持ってきたばかりのホカホカのお好み焼きをコテで切って、自分とカティアの皿に移しながら言った。「手伝ってくれるのはありがたいんだけど、他の先生たちに知られたらまずいだろうし、生徒にも見くびられるかもってことかぁ」

「……」

「そんな暗い顔しないで。女子校の生意気娘に負けてはダメよ。だから、そう、スーパーヒーローになったつもりで教壇に立たなくちゃ」

「スーパーヒーローは無理です」

翔子がせっかく励ましてくれているのに、目はビールグラスの縁ばかり見ていて、それより上に上げることができない。

「そうね、このままでは無理かも。コスチュームが必要ね」

「コスチューム?」

カティアはびっくりして翔子を見上げた。

翔子は目を輝かせて、いつでも手から離さないノートに派手なスーパーヒーローの服を描き始めていた。カティアが授業で着るコスチュームのようだ。

涙が出るほど嬉しいと同時に、不安になった。活気と才能に溢れた翔子がどうして、こんなダメな自分と友達になってくれたのだろう。元気とインスピレーションをいっぱいもらっているのに、今の自分には英語の翻訳以外に何も返すことができない。

「鉛筆と紙、貸して」

ノートから紙を一枚もらい、カティアはダブダブのセーターの袖で手を隠し、色鉛筆でスケッチしはじめた。翔子のためのスーパーヒーロー服だ。

カティアと翔子はしばらくスケッチに集中していた。せっかくのお好み焼きが冷めて固くなり始めた。

二人は同時にスケッチを終え、たがいに見せ合った。翔子が描いたスケッチはうまかった。妖精を連想させる羽根のついた美女が玉虫色のコスチュームを着せられている。妖精を屈強にみせる大きくて大胆なブーツと銃弾ベルト、レーザーガンみたいな武器もあった。妖精の陰に、震え慄《おのの》く女子高生たちが小さく描かれていた。

「すばらしい!」

自分にはもったいないイラストだ。自分が描いた絵は翔子のと比べると幼稚に見えるだろうと思って、恥ずかしかった。

ところが、翔子は手を叩きながら絶賛した。

「メチャメチャ上手! すごいじゃない! でっかいクレヨン、よく考えた」

「クレヨンで何かを塗れば、形を変えることができる。好きな武器に変えることもできるよ」

カティアは恥ずかしそうに笑った。今までの暗い気持ちが、湯気を浴びた鰹節みたいに縮んでなくなってしまった。

それから二人はコスチュームの利点や工夫を説明し合って、少し固くなったお好み焼きを食べた。ビールも二杯飲んだ。

翔子は「デザートは別腹」と新しい言い回しを教えてから、あらゆるパフェが窓に陳列してあるカフェへ案内した。翔子が選んだ店だけあって、賑やかで、アイスクリームもおいしかった。食べている間、翔子は岸部や向田主任を種にした冗談を連発してカティアを笑わせた。

「さっきのスケッチだけど」

翔子はパフェグラスの底に残るチョコレートの液体をスプーンで回しながら言った。「あんなに絵が上手なんてすごいな。ね、今度は共同制作に挑戦しない？」

カティアは眉をひそめた。ライダーの手を隠す長すぎる袖に生クリームとキウイが少し付いてしまっている。

「絵は翔子さんに任せます。それより、エキスポランドへ遊びに行きませんか。アパートから歩いて十分もかからないけど、一人で行くのはつまらないし」

「いいね！」

翔子がすぐ新しい話題に飛び付き、いろいろな乗り物の説明を始めたので、カティアはほっと胸をなでおろした。

8　痴話げんか

それから一週間が経った。教室はすっかり岸部の支配下となり、授業の効率はあがり、塾の宿題などをする生徒も減っていた。岸部が約束したとおり、他のクラスの生徒や先生たちにもバレていないようだ。カティアはセーターのポケットに翔子の絵を潜め、教えるのが上手になるよう努めた。

土曜日に、翔子と出かけることになった。翔子が動物のスケッチをしたがっていたので、結局エキスポランドでなく、動物園に行くことに決まった。

カティアは複雑な気持ちだった。翔子と出かけるのは楽しいし、作ってくれるというお弁当は、きっと芸術的でおいしいだろう。しかし、自分もスケッチをさせられることになる。手を隠してばかりいれば、いずれ理由を聞かれるだろう。

翔子には彼氏や友達はいないのだろうかと思った。どうして毎週末一緒に出かけられるのだろう。

七時四十五分ごろに万博記念公園駅に着いた。

切符を買って、ホームにあがったが、大阪空港行きのモノレールはちょうどドアが閉まって滑り出した。

カティアは青いプラスティックの椅子に座った。昨夜雨が降ったので空気がきれいで、さわやかな風が髪の毛をなびかせた。

まだ公園とエキスポランドが開く時間ではないので、ホームにはだれもいなかった。

いい一日になりそうだ。

ちょっとした音がして、振り返ると、階段を上がって来る男の真っ黒な瞳が見えた。

サイコパスだ。

彼は階段から吹き上がる突風のようにすばやくカティアのそばまできた。

不意打ちで、心臓は恐怖で止まりそうだった。

サイコパスは虫けらでも見ているみたいに顔を歪め、カティアをじっと睨んでいたが、いきなりカティアの胸ぐらをつかんだ。

「電車に乗りなさい！」

彼は怒鳴った。

カティアが着ていただぶだぶの褐色のセーターは伸縮性のある繊維で、生地はつかまれたとたん大きく伸びた。反射的に自分の胸を見下ろすと、ピンクのブラが完全に見えていることがわかった。

サイコパスも生地の伸び具合に驚いた様子だ。汚い物に触れたかのように慌ててセーターを放したが、代わりにカティアの首をつかんで強く揺さぶった。

「電車に乗りなさい！」

「電車は、まだ、来ません」

カティアはしわがれた声で明らかな事実を伝えた。モノレールが来るまではまだ数分あるはずだ。

男はすぐに答えた。

「前のに乗らなかったお前が悪い！」

そして、その台詞《せりふ》を強調するようにカティアの首を大きく揺さぶった。

首は動かせないので、目だけぐるぐる回して、ホームにだれかいないか見ようとした。だれもいないと諦めかけた時、人の姿が目の端に入った。一人の老婆がエレベーターから出てきたのだ。老婆は手押し車にもたれかかって近づいてきて、大きく見開いた目でカティアたちを見た。

男は体をもじもじさせた。老婆に見られて、さすがのサイコパスも気まずいようだ。一瞬カティアの首を放すと、今度はセーターの伸び具合を気にして、カティアの胸が露出されないようにきつくセーターをつかみなおした。老婆への配慮のつもりなのだろうか。

サイコパスの目は怒りで燃えていた。カティアには、モノレールに乗らなかった罪のうえに、つかむとブラが見えてしまうセーターを着てきた罪と、老婆の前で気まずい気持ちにさせてしまった罪があり、最悪の女だと思っているようだった。

その気持ちを表現するように、サイコパスはカティアを睨んだまま、小言をつぶやきはじめた。

「電車が来たら、すぐに乗るんだ。わかったな？　電車が来ていない時にホームに上がるべきじゃない！　そうだろ？」

体から感覚がなくなり、耳の奥に聞こえる鼓動だけが太鼓のように響いた。頭には一つの考えが思い浮かんだ。男はモノレールが来るのを待ちかねて、自分を線路に突き落とすか殺してしまうのではないだろうか。

耳が電線のように鳴っていてどの音も遠かったが、老婆の声がとぎれとぎれに聞こえた。

「奥さん、チワゲンカはやめて、旦那さんの言うとおり電車に乗りなさい」

カティアは一度瞬《まばた》きして、目の端から老婆を見下ろした。この老婆はいったい何を考えているのだろう。

「やかましいっ！」

サイコパスはカティアのセーターをつかんだまま老婆を押しのけた。軽いひと突きにすぎなかったが、老婆を倒すのには十分だった。

老婆はホームの上で足をばたつかせて立ち上がろうとした。

無人のホームには、カティアと老婆を助ける者はだれもいない。

サイコパスの顔はどんどん青ざめた。カティアのセーターを鉄の輪のようなグリップでつかみながら、ちらっと腕時計を見て、舌打ちをした。

モノレールが来るまであと三十秒ぐらいかな、とカティアは遠くなる意識の中で推測した。強い眩暈《めまい》がして、このまま首を放されたら、ふらっと線路に落ちてしまうに違いないと思った。

見えない足元の方から、老婆がおもむろに起き上がる気配があった。

結局、カティアはモノレールが来た瞬間を見逃した。気づけば、顔のすぐそばに銀色の車体が、悪夢から覚めた証のようにそびえていた。そして、ドアが開いた。同時に、男の手がカティアのセーターを突き放した。カティアの体は崩れてホームに座り込んだが、サイコパスにすぐに引っ張り上げられた。

「電車に乗りなさい！」

待ちに待った瞬間が来て、男は満足そうに告げたが、カティアの体は蠟人形みたいになっていて、動かすことができなかった。

男は激高した声で叫んだ。

「電車に乗れって言ってるだろ！」

その時救いの手を伸ばしてくれたのは、辛うじて起き上がった老婆だった。

「一緒に乗りましょ。あんたもこんな旦那さん持ってて大変ですなぁ。おとなしく乗った方がよろしいよ」

老婆はよっこらしょと手押し車を電車に上げてから、びっくりするほどの力でカティアの肘をつかんで、電車に引き込んだ。

9　防犯ブザー

ようやく我に返った時、モノレールが駅に着いた。まだ現実離れした気分で、体全体がしびれていた。

駅の周辺をウロウロしているうちに、交番に行き当たった。こういう時は交番に行くべきだろう。日本語の教科書には交番での会話があった気がする。どんな単語が必要なのか。歯医者で亜酸化窒素を与えられた時みたいに頭がぼうっとしていて、何も考えられない。

交番の警官は「はぁ、はぁ」と低くて怪訝《けげん》そうな声で相槌を打ちながら、眉をひそめて、カティアの普段よりもずっと下手な日本語を聞いていた。

「では、クリゼンさんの話をまとめますと、見知らぬ男に襟首をつかまれたぁ。『電車に乗りなさい』と言われたぁ。その男を怒らせたくないと思ってぇ、できるだけすぐに電車に乗りましたぁ……以上ですね？」

警官は母音を伸ばすのが口癖のようだ。

「ふうん」

と、書いたばかりの報告書を不思議そうに眺めながら鉛筆で机を叩いた。机を叩きながら鉛筆をぐるぐるまわすのが特技みたいだ。

ショックがまだ尾を引いていて、自分のしゃべっていることも警官の言っていることもわからず、カティアは回る鉛筆ばかり見ていた。自分の体も回りだして、椅子から落ちそうになった。

「ふうん。こういうケースは難しいですねぇ。電車にはいろいろな方が乗りますからね、電車の乗り方や降り方にこだわるお客さんもいまして……例えばですねぇ、毎日、千里中央から南摂津まで乗る男がいまして、乗っている間中あるドアを傘で叩いていないと気が済まないらしくて……晴れた日でもかならず傘を持ち歩く方でねぇ、まあ、ほかのお客さんにはいささかご迷惑をかけるわけなのですがぁ、皆の交通機関ですし、そのぐらいの癖は見逃した方が……」

カティアは耳なりが治まりはじめて、警官の話が耳に入るようになった。

「ちょっと待ってください。今話している男の人はドアを叩くだけでしょう？　だれかを叩くことはないでしょう」

「そのとおりです」

警官はカティアに理解されて嬉しそうな顔をした。

「クリゼンさんの場合も、似たハプニングじゃありませんかぁ。殴られたわけではないし、まあ、セーターや首を触られたのは確かに不愉快でしょうけれど、結局電車にさえ乗ればその男は満足できたんでしょう？　そのうち、男も飽きるだろうと思うんですぅ」

警官は少し身を乗り出して、カティアの顔と胸を見比べながらニヤニヤ笑った。

「クリゼン様は別嬪《べっぴん》さんですしぃ、言い方は失礼かもしれませんけれど、ちょっとした胸の持ち主ですよね。そういう男には気になりそうな胸ですよぅ。それに、ご立派な髪の毛……ちょっとぐらい触らせてやったら、すぐ気が済むと思うんですぅ」

彼はカティアの顔を見て慌てて手を振った。

「胸を、とは言いませんよ。自分もセクハラには反対ですからねえ。そういう男は子どもみたいなもんでえ、好奇心があるだけです。悪さはしないでしょう」

カティアも身を乗り出して、明治からタイムスリップして現代の大阪にたどり着いたこの警官の名札を読んだ。そして、話しかけた。

「藤村さん。私の首を見てください」

カティアはセーターの襟を下げて、首の両側に痛々しく残っている赤い傷を見せた。

「男は、首に、手を……」

当てはまる動詞が見つからず、首を絞める真似をしてみせた。

「もう一度会えば……」

殺すの受身形も浮かばず、「やられる」と言って死ぬ真似をした。

「助けてください」

カティアは「手伝う《Help me》」ではなくて、ちゃんと「助けて《Help me》」と言えたので、これで何もかも伝えられたと思ってほっとした。

ちょうどその時、若い警官が交番に入ってきた。巡回に行っていたらしいこの人は年寄りの警官のパートナーなのだろう。

年寄りの警官は救われた顔で立ち上がり、声を潜めてこそこそと若い警官にさっきの話の内容を説明しはじめた。若い警官は真面目に頷きながらちらっとカティアの様子をうかがって何回か頭を下げた。名札を見れば栗畑と書かれていた。「栗」も「畑」も知らない漢字だが、「西」に傾く太陽が「木」や「田」を照らし、「田」が「火」のように輝く風景を想像して、好印象を持った。

栗畑はカティアのところに歩み寄った。藤村は心配顔で見守っていた。

「クリステンセンさんですね。話を藤村から聞きました。クリステンセンさんを襲った男は相当危ない人である可能性もあります。襲った男を訴えるのであれば、警察で調査しますよ」

「は、はい」

この立派な意見を言った栗畑は、「木」と「田」の前で立って夕焼けに輝く英雄に見えた。

「警察に届けるのは正当です」

「はい」

セイトウがどういう意味かわからないが、きっといい言葉だろう。

血が回り始めたようで、感覚がなかった足がぴりぴりしてきた。

「これから、ど、どうしたらいいですか」

と聞いた。

「そうですね」

栗畑は少し考え込んだ。「こちらで事情を調べますから、とりあえずできるだけモノレールのご乗車を控えてください。ご不便でしょうけれど、バスなど他の交通機関に乗るようにしてください」

「はい」

具体的にどの乗り物に乗ればいいかわからなかったが、夕焼けの英雄が勧めることならなんでも従おうと思った。

栗畑はカティアの気持ちを察したようで、苦笑してみせた。

「大変不便だと思いますが、安全のためなんです。こちらの方で男の正体を全力で調べますので、しばらく我慢してください。ホームで一緒だったおばあさんの名前や連絡先を聞きましたか」

「いいえ」

カティアは今の駅で降りるまで、モノレールの床にしゃがみ込んだままだった。老婆に話しかけられたような気がするが、何も覚えていない。

「そうですか。彼女の安否も心配ですね。とりあえず防犯ブザーを差し上げましょう」

栗畑は藤村に合図した。老警官はうなずいて、机の一番下の引き出しから小包を取り出し、栗畑に渡した。ビニール袋に包まれた物はホットピンクで、コースターぐらいの大きさだった。

栗畑はカサカサとビニール袋を開けてから、ピンク色の物をカティアに渡した。

「防犯ブザーです。犯罪を防ぐのに大変効果的な道具です。今やりかたを教えますから、たぶんないとは思いますけれど、またあの男に襲われたらこれを使ってください。このブザーを、こうやって首からぶら下げるのですよ」

栗畑は真面目な顔で、自分の首から強烈なピンク色の防犯ブザーをぶら下げてみせた。

「そして、男が変な行動に出たら、このタブを引っ張るんです」

栗畑はタブを引っ張る真似をしてみせて、苦笑した。

「これを引っ張ると、ものすごい音が出ます。だから、男が襲ってきた場合以外は、絶対に引っ張らないでください」

「すごい音、って、たとえば……どのぐらいの音?」

「すさまじい音ですよ。でも、心配しなくていいです。タブは力を入れないと抜けないようになっていますから。まあ、鳴らすことはないと思うんですが、クリステンセンさんの安否が心配なので、一応念のために」

カティアは防犯ブザーを受け取って、手がまだ震えていることに気づいた。

カティアの頭から恐怖が引き始めていた。その代わりに、怒りがこみ上げてきた。こんな不格好な物を首に下げて、鈴をつけられた牛みたいに町を歩くのか。

その気持ちを抑えて「ありがとうございます」と言った。そして、ブザーをリュックに入れようとした。

「何をするんですぅ！」

藤村が驚いた声を上げた。

「クリゼンさん、バッグの中では手遅れになりますよ。これからは、かならず首にかけてから出かけるようにしてください」

「め、目立ちますけど」

警官たちは視線を交わした。そして、栗畑は言った。

「ええ、女性によく言われます。ですけれど、クリステンセンさん、おしゃれと命と、どちらの方が大事ですか」

カティアは短くうなずいて、ブザーを首からぶら下げてみせた。

栗畑は頭を下げて、

「私たちの方でいろいろ調べますので、お気をつけてお帰りください」

と優しい口調で言った。藤村も軽く頭を下げたが、あまり熱心じゃなさそうだった。

「よろしくお願いします」

カティアはお辞儀をして交番を出た。五メートルぐらい歩いて交番の死角に入ってから、防犯ブザーを外してリュックのポケットにしまった。ブザーはリュックのなかで意地悪く存在し続けていた。ブザーはすぐにでも「すさまじい音」を立ててみたくて仕方がなかった。だから、リュックの中のものにぶつけてみたり、タブをリュックの内側にこすり付けてみたりして、どうにかして音が出せないか試みていた。

どうしてか巨大なブザーを下げた太陽の塔の姿が頭に浮かんできた。

駅に戻った。ここは「蛍池《ほたるがいけ》」という駅らしい。気持ち悪い名前だと思った。この駅の近くに、なんらかの「虫」がたくさんいるのだろうか。「池」があれば虫も集まるだろう。

四つも駅を乗り越してしまっていた。すぐに引き返さなければならないが、もうモノレールに乗る勇気はない。翔子に会う気力さえなかったから、今日はお腹が痛くて行けないとメールを打って電源を切った。

蛍池は降りたことのない駅だが、少し行ったところに小さな公園があり、ベンチに座った。

特に面白くもない公園だが、小さな安全な島に思えた。

恐怖と怒りが待っていたかのように襲ってきた。熱い涙がこみ上げる中、サイコパスの刺すような危ない黒い目と、首に伸びてくる骨ばった冷たい手が見えた。それに交じって、思い出すまいとずっと努めてきたライダーのことが、岸壁に打ち砕かれる波みたいにすごい轟音《ごうおん》を立てて寄せてくる。公園に来ている親子連れに聞こえているだろうと思ったが、砂場で遊んでいるかわいい姉と幼い弟と、笑いながら見守っている母親はすこしも気づいていないようだ。

「本当に思い出すつもりなのね」

うんざりしながら自分に問いかけた。

でも、カティアはすでに思い出のほろ苦くて甘い土のなかで転げまわっているのだ。三歳の時に父が飼っていた豚みたいに。

10　カエデの木の下で

四年前の記憶なのに、まだありありと思い出せる。ミネソタ州の故郷を離れて、ライダーのいる東海岸のアイビーリーグの大学のキャンパスに着いてみると、何もかもが新しかった。一八五八年に三十二番目の州として連邦に加入したミネソタと違って、東海岸の町は数世紀前から存在し、人々は風格のあるレンガ造りの家に住み、アメリカ革命戦争から伝わる古い文化があった。一年生でもすでに大学のしきたりを熟知しているような傲慢な顔つきをしていて、教授たちはちょっとした仕草でも洗練された雰囲気を醸し出していた。この教授たちがこれから自分の先生になると思うと緊張する。

ライダーもこの大学の教授だと思うと、三週間しか経たないのに、会うのが怖くなった。夏のあいだはミネソタ州のスタジオで、恋人である彼を「デーヴィッド」と呼んで親しく過ごしていたが、ここでは他の教授と同じように気軽には話しかけられない存在になっているのだろうか。

東海岸へ来て一日経ち、ライダーの研究室に行くと、実際にそう感じた。ライダーはマホガニーでできた美しい机を前に革張りの椅子に座り、コーヒーを飲みながら、一人の教授と聞いたことのない画家のことについて話していた。カティアに対する態度もフォーマルで、ありふれた新入生に話しかけているようだった。挨拶はすぐ終わり、研究室を引き上げるしかなかった。

こんなはずはない。自分は彼の一番弟子のはずなんだ。驚愕を抑えて去ろうとした時、「カティア」と後ろから名前で呼ばれた。振り返ってみるとライダーが研究室のドアから身を乗り出し、手を唇に当て、投げキスをした。

嬉しさと安堵が体中に広がり、カティアは笑って手を振り返した。

なんだ、彼はちゃんと覚えているのだ、と有頂天になって寮に帰った。

翌日ライダーの家に呼ばれた。白縁の窓に黒いシャッターが掛かる堂々としたレンガ造りで、フランス窓とバルコニーが付いている。広い庭はライラックやつつじに溢れ、灰色の空を背景にレンガの煙突が聳えていた。

家の前に立つと、開いた窓からカルダモンの香りが漂ってきた。

カティアは青ざめた。

「……嘘でしょ？」

この匂いは自分とライダーの世界からとっくに消えているはずなのに、いったいなんで⁉

ショックで頭がクラクラした。この場から逃げよう。一人になってこの意味を考えなくちゃ、
これでは絶対にデーヴィッドと顔を合わせたくない、と必死になって後退《あとずさ》りし始めたのだが、
遅かった。ドアが勢いよく開けられ、上機嫌なライダーが肩を抱き寄せ、体がコンクリートみたいに硬直したカティアを家に引っ張り込んだ。

その勢いでキッチンに連れて行かれ、ライダーと別れたはずのジェニーがなぜか戻ってきていて、カルダモン入りのスカンジナビア風菓子パンを焼いているのが見えた。

懐かしくもあるその甘い匂いに包まれて、カティアはとっさに湧いたやるせない気持ちをどうすればいいのかわからないまま、ジェニーにも抱かれ、菓子パンとコーヒーを前にテーブルに座らされた。

長い会話が続いた。ライダーとジェニーはボストンの歴史とツーリストスポットについて教えてくれた。菓子パンはだんだんなくなり、コーヒーのお代わりのあと、カティアはなんの感覚もない足で立ち上がり、寮に帰らなくてはと嘘みたいに陽気な口調で告げた。

ライダーは玄関まで送ってくれ、

「明日は授業だ、スタジオで会おう」

と軽い口調で言ってドアを閉めた。

翌日大学のスタジオでライダーの授業を受けた時、一般の学生のように扱われて惨めな思いをさせられたが、終わってリュックを背負い、誰もいなくて泣ける場所へ行こうとした時、ライダーに呼ばれた。

「僕と一緒に来なさい、川辺を歩こう」

二人は大学のスタジオを出て、川に沿って歩き出した。長身で大柄のライダーは授業でも陶芸家らしいカジュアルなグレイのTシャツと使い古したジーンズという格好だった。

懐かしい顔の輪郭を盗み見た。師匠の彫りの深い顔がそこにあった。鼻は高くてっぺんは少しだけ上向き、唇の形はよいが、いつも皮肉っぽく曲げられている。大きな割れ目のある顎は強い意志を感じさせる。どことなくベートーヴェンに似ている顔で、シルバーが目立つ豊かな髪と強い線を引く濃い眉もベートーヴェンにそっくりだ。この少し大げさで戯画みたいな顔を、自分と同じ年齢の女の子たちがカッコいいと思うかどうかわからないが、カティアにとってはすべてだった。

ライダーの体からカルダモンの香りがする気がして、ジェニーがどうして戻ってきているのか聞きたかったが、この貴重な時間を失いたくなかった。

「君に見せたい場所がある」

とライダーは言った。

カティアはうなずいた。二人だけで話ができる素敵なレストランを想像した。そのレストランで、ライダーは好みの高級ワインを飲みながら、ジェニーのことを説明し、ジェニーが戻っていてもこの世で一番愛しているのがカティアだと伝えてくれるだろう。

ライダーに連れていかれた場所は川沿いの五階建てのビルだった。一階はレストランだろうと期待していたが、レストランではなく金物店だった。店には入らず、ライダーは外階段を五階まで上った。ポケットからカギを取り出した時、カティアはここで何をするのか察して、怒りと強烈な欲望と、ジェニーのことを考えて突然体中に吐き気が湧くのを感じた。

ライダーに誘われて入ると、ここがスタジオだとわかると同時に、ベッドもあることがわかった。

これが約束のうちだとは知っているし、渇望している自分もいた。けれど、ジェニーが帰ってきている今、そんなことはできない。壮大な嘘をついていたライダーに、絶対に抱かれたくない。

それでも力強く抱かれてベッドに倒された時、痛烈な欲望に溺れ、自分の腕にくっ付いているライダーの手を、ライダーの首に回した。

真っ暗な海底に沈んでいく無力感があった。この背の高い大男の体を持て余している。豊かなシルバーの髪と、自分より三十三年も長く生きてきた体に、どう応えればいいのか、迷う。

有名陶芸家デーヴィッド・ライダーが主役のセックスは終わり、ライダーはカティアの長い髪を撫でながらポツリと言った。

「こんなことになってすまん」

抱き合ったせいか、今はライダーの体からカルダモンの匂いは消え、粘土と汗がかすかに匂う馴染みのある体になっていた。が、ここでは二人きりでもジェニーが近くにいることは忘れられない。説明してもらいたい。怒りをぶつけたい。安心させてくれる言葉を聞きたい。抱かれているだけではとても足りない。

激しい感情を抑えて、

「平気……デーヴィッド」

と、有名な陶芸家を名前で呼ぶ権利を味わいながら、そっとつぶやいた。

金物店の五階のスタジオはライダーがカティアのために用意してくれたスペースで、器を作るのに必要な道具から釉薬に使う薬品まであり、陶芸の歴史書や参考書も備わっていた。大きな窓からは学園都市と川を展望でき、クイーンサイズのベッドを囲む高い本棚にはライダーが好きなミステリ小説や、世界を旅して集めた多様な色と形の茶碗や花瓶や皿が並べられていた。

一度だけ、ライダーが抱いた時の勢いで大きな磁器の皿が落ちてきてライダーの頭に当たり、砕けたことがあった。高い皿のはずだった。皿もライダーのことも心配して、カティアは息をのんだが、ライダーは笑って破片を床に落とした。

「大したことない。遺跡で見つかる古代の破片なども、まさにこんなことをしている最中に落ちて割れたものかもしれんぞ。器は芸術品でもあるが、もともとは粗末な物だ。人が食ったり、体を洗ったり、穀物を収めたりするための物だ。中世ヨーロッパで、夜、ベッドの下に置いたおまるも陶器だったんだよ」

カティアはこんな下品な冗談が苦手で、頬が紅潮してしまった。本人は高級品しか作らないくせに、古代の職人の仕事について偉そうに語る。

「頬が赤くなっているよ。君は髪も顔も淡い色だが、紅潮するとエルビウム・ピンクの釉薬がかかるようで美しい」

エルビウム・ピンクはライダーの好きな釉薬の一つで、彼が混ぜると、他の陶芸家には作れない透き通るような美しい色合いになる。ライダーはそんなすごい器を作れる大きな手でカティアのうなじを囲み、引き寄せた。

「これで焼き加減はちょうどいい……」


田舎の高校から上がってきたカティアには、大学の授業はどれも難しく、どんなに頑張ってもC＋以上の成績は取れなかった。例外はもちろん、美術の授業だったが、ライダーは別人みたいに厳しく、他の学生をはるかに超えた仕事を期待された。ライダーは大学では冷たく、五階のスタジオでは優しかったのだが、どこにいても彼の命令は絶対的だった。

ときどきライダーとジェニーの家に食事に呼ばれ、二人が楽しそうにしている話の聞き役を務めた。最初のショックからなかなか回復できず、激しい嫉妬と戦いながら本当の気持ちを隠していた。ジェニーは二度とライダーと別れることはないだろう。今でこそ家にいて菓子パンばかり焼いているようだが、彼女も以前はライダーの学生で、ライダーより十歳若かった。つまり、自分はライダーの二代目の学生の恋人で、一度逃げてまた戻ってきたのだとしても、ジェニーの方が立場が上なのだ。

大丈夫だ、平気だ、と自分に言い聞かせながら、毎日轆轤に向かって仕事に励んだ。柔らかい粘土の上を指がするすると走る時こそは、何の影も射さない幸せの時間だった。

ライダーが五階のスタジオに来られない時には、彼がパリで買ったらしいビーズ付きのランプの光で腕にくっ付いているライダーの手を眺めては、抱き合っているジェニーとライダーを想像して絶望することがあった。それでもライダーには文句の一つも言えなかった。彼の信頼と愛情をなくしてしまえば、飛行機が高い空から落ちて地面に叩きつけられるほどの衝撃で、人生が砕けるからだ。

そんな時は、手を傷つけようとして血が出るまで引っ掻いて、ライダーが気づいたらどうしようと悩んだ。師匠は手のことについて一言も触れたことがないのだが、もちろん見えているはずで、わざと傷つけたと知れば怒るに決まっている。

弟子になった時、ライダーは二つのことを約束した。一番弟子にすることと、生涯守ること。ライダーはそれを忠実に守ってきたし、これからも守るだろう。

だから、平気だ。

平気なんだけど、もし自分がいつか有名な陶芸家になったとしても、ライダーみたいに弟子や恋人を作ることは絶対にしない。

だから大学の四年間、だれとも個人的な関係にならないよう細心の注意を払ってきた。

11　雨

ベンチの端を握った拳が濡れていた。空を見ると、雨が降り出していた。

そろそろここを出なければならない。

次の行動を決めかねているうちに、母親はおもちゃのスコップやバケツを片づけ、子どもを連れてどこかへ行ってしまった。公園には雨の音しかしなくなった。

時間を見るために携帯を取り出すと、翔子からの着信が何通もあった。

「大丈夫⁇」

「お弁当作ったのに、本当に来られないの？」

「いいよいいよ、無理しないで♪　今度はもっとすごいのを作ってあげるからね（＾＾）／」

「もし、一時間たって気分がよくなったら連絡して。絶好の天気なのに出かけないのはもったいない」

「せっかくの好天気だったのに、雨が降っちゃってる！」

「ねえ、大丈夫？　心配なの」

メッセージを見て、いらいらした。だれにも会いたくないのにしつこくメッセージを送ってくる翔子の元気さが気に障った。本当は大事な友達で、これは貴重なメールなのだと自分に言い聞かせた。

メッセージの時刻を見ると、最後のは午前十一時四十分だ。目を疑って時計を見た。もう十一時五十五分になっていた。とんでもない時間、公園に座っていたことになる。

「返信しなさい」とつぶやいた。

指をノロノロと動かして、ひらがなと数字だらけのキーを打った。

「返信しなくてごめんなさい。気分がよくなった。会いたい」

送信すると、五秒もしないうちに翔子から返信が来た。

「よかったあ！　腹痛かなんかで倒れてるのかと思ったよ。ランチはまだ間に合うよ」

すぐにまたメッセージが入った。

「動物園はやめて、レストランで遅めのランチにしない？」

こんな短い時間にこんなに文字を打てる翔子がすごいと思った。

「何が食べたい？」

読んで、お腹が空いていることに気づいた。すぐに何か食べないと倒れそうなぐらいお腹が減っている。喉は腫れあがってヒリヒリしていた。口内が血の味がするので、指で舌に触れてみた。指が赤くなった。首は見えないが、赤い爪痕が残っているにちがいない。どうやれば翔子から傷を隠せるだろう。

何が食べたいかな。一瞬、「カルダモン入りの菓子パン」が頭に浮かんだが、首を激しく振ってかき消した。

「そば」

そばの熱いつゆは喉を癒すだろう。

「いいね！　でも体調が戻ったばかりで、大丈夫⁇　まあ、そばぐらいならいいでしょ。いい店を知っている。梅田なんだけど、いい？」

「いいです」

「ヨドバシカメラの前で待っているから、ゆっくり来てね」

「はい」

カティアは携帯を閉じて、立ちあがった。眩暈がしたが、しばらく立っていると治った。見えない壁を押していくかのようにゆっくり歩いて駅に向かったが、栗畑警官に注意されたことを思い出した。

梅田に行く約束をしてしまったが、モノレールには乗れない。

「どうしよう」

切符売り場の前で立ち尽くしていると、たくさんの幼稚園児がガヤガヤと改札に入り始めた。これだけの人混みなら大丈夫だろう。カティアはすばやく切符を買い、子どもに混じってホームに上がった。

翔子は携帯をいじりながらヨドバシカメラの前で待っていた。カティアを見ると微笑んで手を振った。

「わあ、きれいなスカーフね！」

「……ありがとう」

スカーフはさっき梅田の洋服店で買ったのだ。

翔子自身はすごい出で立ちだった。朱色のサーキュラースカートに灰色の長袖のブラウスを着ていて、紅葉模様のガラス・ビーズのネックレスをしていた。真っ赤な帽子は手縫いの刺繍が入っていた。

蕎麦屋に向かっている間、話すのは翔子に任せた。店に入ってブースに座るとほっとし、メニューの解読にかかった。何種類もの蕎麦があり、半分ぐらいわからなかったので、翔子の説明を聞いた。その中に「月見そば」があった。

生卵がちょっと気になったが、「月見」というのが詩的だと思ってそのそばにした。翔子はトロロそばにした。

ウエイターが持ってきたそばは、中心に漂う生卵がきれいで食べるのがもったいないと思ったが、お腹が猛烈に空いていたので、すぐに箸を持ち上げた。注文したのがセットで、ごはんも付いていることに驚いたが、それも平らげ、つゆも最後の一滴まですすった。その間中、喉の中が引き裂かれたみたいに痛んでいた。

そばも炭水化物なのに、どうしてご飯が付いているのかと翔子に聞いてみた。

「関西やから」

翔子は即答し、それから関東と関西の料理の違いについて長々と話した。

カティアは何も気づいていなかったが、ウナギや寿司の形と固さ、餅やお菓子の作り方、醬油やサンドイッチの具まで違っているとのことだった。翔子は、関西の方がぜったいに安くて美味しいと言った。

「カティアもそう思うでしょ？」

「はい、もちろん」

翔子が言っている関西の固いうなぎと押し寿司より、関東の方が柔らかくておいしいと思いながらも、すぐに答えた。痛められた喉から出てきた声はかすれていて聞きにくかった。

お酒が好きな翔子は左手を振ってビールも注文した。

カティアは突然、今朝おばあさんが口にした言葉を思い出した。意味はわからなかったが、恐怖の中の断片として鮮明に残っていた。

「あの、チワゲンカとは何ですか」

「えっ？　いきなりなに？」

「今朝聞いた言葉なんです」

「ふうん。痴話喧嘩っていうのは、夫婦の間に起こるつまらない喧嘩のことよ。え？　カティアさんには夫がいるの？」

「いえ、いないです」

自分には夫も彼氏もいない。いるのは、首を絞めたがるサイコパスと、自分と寝ていた老師匠だけだ。

「ねえ、さっきから顔色が良くないよ。やっぱりお腹の具合が悪いの？」

「……ううん。大丈夫だけど、ちょっとトイレに行ってくる」

立ち上がって蕎麦屋の外に行き、店の前に並んでいる椅子に座った。店はデパートの中にあるので、子ども連れの家族や若者のグループが行き来していて賑やかだった。

チワゲンカ。

本当にバカバカしいのだが、おばあさんが自分をサイコパスの奥さんだと考えてくれたことが嬉しい。おばあさんは自分のことを、敬遠されるガイコクジンではなく、日本人と結婚する可能性のある人間だと本気で考えてくれたのだ。それからおばあさんは車両の中へ引き込んで、助けてくれた。その際に言われた言葉も、勘違いだとしてもありがたかった。

「一緒に乗りましょ」

と言ったはずだ。

そして、

「あんたもこんな旦那さん持ってて大変ですなぁ」

と、親しそうな口調で、ガイコクジンとしてではなく、女性同士として同情しているニュアンスで言ってくれた。

カティアはおばあさんのことを振り返って少しだけ微笑み、ふと眉をひそめた。

もっと変なことを考えていることに気づいたのだ。

サイコパスに対しても、好感を持ち始めているのか？　彼が自分を襲ってくれたとでも思っているのか？

あの男性は刃《やいば》みたいに恐ろしく、容赦なく首を絞めてきて、爪で赤い痕を残した。なのに、ありがたいと思っている自分がいる。

何と比べてきれいなのだ？

サイコパスが与えた傷は刃の切り口のように、きれいだった。

もう、答えはわかっている。唯一頼りにしていた人が汚い手を心の中に突っ込み、希望をもぎ取って床に捨てたのと比べて、きれいなのだ。

あ、吐きそうだ。

カティアはトイレへ急いで、便器に胃の中のものと少しの血を吐いた。

ずっと暗い気持ちが残るかと思っていたが、ブースに戻ると、翔子がスケッチブックから視線を上げてにっこり笑った。それを見て、蟠《わだかま》りが緩んだ。

「温かいお茶を飲みましょう。さっきはごめんね。体調よくないのに昼ご飯に誘ったりして」

それからは温かくてゆったりした時間が流れた。この人と一緒にいると何でも楽になる。

「ありがとう、翔子さん」

カティアは心の中でつぶやいた。

12　和菓子

とうとう店を引き上げる時が来た。公園にいたときは、翔子に会う気力がないと思っていたのに、今は別れたくなかった。

カティアは、

「デザートも食べる?」

と言ってみた。

翔子は爆笑した。

「そばセットにデザート⁇　お腹壊していたのに大丈夫なの?」

「変ですか?」

「変よ!　でもカティアが食べたいんなら、コーヒーでも飲んで付き合ってもいいよ」

カティアは勇気を出して、

「私のアパートに来ませんか」

と誘った。言ってしまってから、翔子が住んでいる難波は万博記念公園から遠いと思い出して後悔した。絶対に断られるだろう。

ところが、翔子は、

「うん、それがいい」

と答えた。

「ビデオでも借りて飲もう」

勘定を払って店を出ると、デザートは何がいいかと聞かれた。

「ケーキでも買おうか」

「ううん、和菓子がいい」

翔子は目を丸くした。

「そばの後で和菓子？　ずいぶん日本的ね」

和菓子は留学生のころにホストのお母さんにご馳走してもらったことがあって大好きだった。今の自分には高すぎるはずだが、後で節約すると自分に誓って、翔子が知っている店で六個のパックを買ってしまった。

「牛乳も買ってもいいですか」

「牛乳？」

翔子は付けまつ毛を大きく持ち上げた。

「もちろん、いいよ。……あのね、カティアさん、『買ってもいいですか』って聞かなくていいの。何を買おうが、カティアの自由でしょ？」

酔っているせいか、「カティアの自由でしょ？」という言葉は天からの素晴らしい啓示のように聞こえた。

「そう！」

カティアは少し大きすぎる声で言った。「私は自由。好きなことをなんでもできる。人の知ったことか！」

まだ日も高いのに酔っているカティアの声に、人々が振り向いた。

「そう、その調子」

翔子はカティアの肩を叩いた。

「タクシー！」

カティアは思い切って車を止めた。

財布には口座からおろした一万円札があった。今はすごくいい気分になっていて、なんでも「自由」にしたい。それに、たとえ翔子と一緒でも今日はモノレールでは帰りたくなかった。

三十分後、アパートの近くでタクシーを降りた。翔子がタクシー代を払うと言い張ったので、一万円札を使わずに済んだ。ＴＳＵＴＡＹＡで翔子が選んだアクション映画のＤＶＤを借り、コンビニで焼酎を買った。

翔子と一緒なので防犯ブザーはリュックから出さなかった。酔っていると、今朝この近くで首を絞められたことが幻想のように思われた。

「これがカティアさんのアパートなのね」

翔子は布団と座布団二枚と、粗大ごみの日に拾ってきた古い座卓と安いテレビとDVDプレイヤーと、英語文法の本と宿題以外に何もない1DKの部屋を見まわした。

「ずいぶんシンプルな暮らしなのね」

「平気よ。日本に来られたから。私は、自由なのよ」

「うん、その調子！」

翔子はすぐに座り込んで焼酎の瓶を開けた。カティアはグラスと皿を出した。和菓子の包み紙を解き、六個を全部皿に並べて、グラスに氷を入れて牛乳を注ぎ込んだ。氷入りの牛乳と一緒に和菓子を好きなだけ食べるのが昔からの夢だったが、ガイコクジンしかしないひどい食べ方だと思って遠慮していた。

DVDをプレイヤーに入れながら、翔子は笑った。

「変な食べ方ね。でも何だか、すてき。いいコンビかもしれない」

「うん、そうよ」

ガイコクジンの変な食べ方でもいいんだ。自分は、自由なんだもの。

「翔子さんもどうぞ」

「いや、私はお酒だけでいい」

「全部食べちゃうよ」

カティアは大胆なことを言った。

しかし、食べられなかった。皿からお菓子を取ろうとすると蛍光灯に照らされたライダーの手が眼前に現れたからだ。大きくてゴワゴワしたこの手できれいなお菓子に触るのが、突然いやになった。どうして、いつも何をしようとしても、この手を使ってやらなくてはならないのだろうか。

「やっぱりやめる」

「へえ？　おいしそうなのに～」

「……お菓子はきれいで、私は汚いから、食べられない」

カティアは両手を膝にのせて拳を固め、ワッと泣き出した。

「どうしたの」

翔子はドラマチックな音楽で始まったばかりの映画を消し、真剣な目でカティアを見た。話すつもりはなかったが、今朝サイコパスに襲われたことをしゃべってしまった。翔子は頷きながら聞いてくれた。

「なんてひどい奴なの！」

翔子は激しい口調で言った。

リュックから防犯ブザーを取り出して見せると、翔子は手に取っていじった。

「あっ、それを引っ張らないで！　すごい音がするって」

カティアは慌てて取り返した。

「カティア、ここに一人でいちゃだめよ」

翔子は真剣な顔でカティアを見て言った。「これからしばらくうちのアパートに来て。ここは万博公園駅に近いでしょ？　危なすぎる」

優しい言葉に涙ぐみながら、カティアは首を振った。

「ありがとう。本当にありがとう。でも、遠すぎるし、邪魔したくない。気をつけるから大丈夫」

翔子はすぐには引き下がらなかったが、カティアは頑なに断った。最近の自分は仕事から帰るといつも疲れていて、テレビのニュースをぼんやり見たあと、布団に横になる。大声で泣くこともある。気のいい翔子でもそんな厄介な人をアパートにいさせたくはないはずだ。

翔子はとうとう諦めた。

「わかった。でも、毎日連絡を取り合いましょう、心配だから」

カティアは沈んだ気持ちで和菓子を眺めた。

「美しい」

ポツリと言って、しばらく黙ったあと、唸《うな》るような声で続けた。「私、手が……醜い。わかるでしょ？　見えるでしょ？　醜すぎるから、きれいな物に触れられない」

カティアはそう言ってから、氷が溶けてしまった水っぽい牛乳を一口飲んだ。サイコパスに絞められた喉を、鋭い痛みが走った。

「お菓子、もったいないから、もらってくれませんか」

翔子は、珍しく無表情な顔でカティアをじっと見て、

「……じゃあ、いただこうかな」

と小声で言った。

「いいよ、もういらない」

すでに酔いから醒めかけていて、カティアはこのお菓子に大事なお金を使ったことが悔しくなっていた。

「本当にいいの？」

「うん、いいと言ったでしょ？」

声を尖らせるのは自分らしくないが、翔子が本当にもらおうとしているのが憎らしかった。

「よし」

翔子は皿を自分の前へ移して、紅葉の形をした赤と黄色の一個を拳で潰した。

「何するの⁉」

カティアは目を見開き、潰されたお菓子を手のひらで転がしはじめた翔子を凝視した。

「これは、ただの豆の塊よ」

と翔子は怒った声で言った。「豆の塊が美しくて、人間のカティアが醜いわけないでしょ？」

翔子は、紅葉だったお菓子をお握りみたいに手のひらで丸くして、あっという間に動物の形にした。

「今日動物園に行けなかったね。ここで作ろう」

ほかの和菓子から摘《つま》みあげた小豆をその顔と背中に押し付けて縞を作った。カティアがあっけに取られているうちに、額に「王」という字があるかわいい虎が出来上がった。

翔子は虎をカティアに差し出した。

「手で握ったから気になるかもしれないけど、どうぞ。五個残っているから、あと五匹作る。次は何がいい？」

13　臨時会議

朝起きると、座卓の上には空になった和菓子のパックがあった。カティアはそれを見て、微笑した。

虎の次に作ってくれたのが、猫とカバと狸。それからミネソタの動物のビーバー、最後に難しいのにチャレンジしてフラミンゴ。フラミンゴはすぐに倒れてしまい、二人の声高な笑いの中で食べられてしまった。喉が痛くて仕方がなかったのに、最高に楽しかった。かわいい動物を食べて、自分を空っぽにしていた悲しみの穴が埋められていく気がした。

カティアは起き上がって、和菓子のパックをシンクに入れた。ただのプラスティックだ。でも、昨夜の記念なのでまだ捨てたくなかった。

その日は一日中家にいて、喉にお茶やハチミツを流し込んで明日出勤する時間までに治そうとした。

月曜日になった。いつものように起きて支度したが、外に出るには勇気がいった。喉は昨日よりも痛かった。サイコパスの爪痕が紫色のあざになって残っているのを、ワイン色のタートルネックで隠すことにした。

出勤時間を計算するのが難しかった。早く行けばサイコパスがまだ駅に来ていないかもしれないが、もし来ているとすれば、駅はがらんとしていてホームに誰もいない。遅く行けば学校に間に合わないし、ラッシュ時ならサイコパスも移動している可能性がある。

結局バスに乗ることにした。アパートから遠くないところにバス停がある。路線はわからなかったが、運転手に聞けば彩都までの行き方を教えてくれるだろう。遅くなるのを覚悟し、バス停に向かった。

道を歩くと鼓動が速くなったが、バスに乗るとたくさんの通勤客に囲まれて安心した。モノレールと違ってバスの窓から太陽の塔が見えないのも嬉しかった。

学院の門に入ると、生徒があちこち走り回っていて騒々しい。すっかり忘れていたが、あと四日で「文化祭」なのだ。祭りのような行事で、生徒にとっては一大イベントらしい。すっかり遅くなった上に、週末はサイコパスに襲われたり、翔子と一緒に出かけたりしたことで、教案がまだできていなかった。礼拝が始まるまでクロゼットみたいな２３７号室に隠れ、必死で作った。

礼拝にはギリギリで間に合った。同僚が歌う讃美歌を口真似で歌って、説教を聞いて、見えないように手を低い位置で合わせ、祈る真似をした。

チャペルを出ると、浮谷が見えた。松葉杖でゆっくり階段を下りている。そんな格好では恥ずかしいだろうと思ったが、浮谷は駆け寄って来て質問した生徒と余裕をもって話していた。運動会以来浮谷とは話していなかったが、汗で滲んだ数字を書きなおしてあげたことでちょっとした友人関係を築いたと感じていて、元気な姿を見ると嬉しかった。

浮谷は倒れて足を折っても、梯子から落ちてやけ酒に走っていたあの男と違って、すぐに元気を取り戻して職場に戻っている。いい人で尊敬できる。もしホームでサイコパスに襲われた時に浮谷がいたなら、きっと助けようとしてくれただろう。あまり強そうではないので、サイコパスにホームから突き落とされて、今度は左足を折っていたかもしれないが。

教室に行ってみると、生徒は岸部の支配下で行儀よく座っていた。岸部は出席簿をカティアから受け取り、出欠を取った。それから、教案を見せてくださいと言って、さっと目を通してから、同級生に向かって言った。

「今日はサービスを提供する時のフレーズを勉強します」

岸部はカティアに授業を始める合図をして、カティアが教材を整えているうちに授業の概要を黒板の左側に書いた。

カティアはネイティブスピーカーなので教えるのは会話がメインのクラスだ。日本人が教える文法中心の授業よりずっと簡単なのに、緊張するとルールを間違えそうになる。今日もそんな日で、講義は少しもうまくいかなかった。自分は岸部の助手だという妙な気持ちになって恥ずかしかった。教師ほど向いていない仕事はほかにないと思いながら、用例を黒板に書いていった。岸部が書いた文字と違って、カティアの文字はすぐに傾きはじめ、だんだん右下の方へ下がっていった。

昨日お茶やハチミツをあんなに飲んだのに、声が掠《かす》れていた。話している間何回か咳をしては痛みに目を瞑《つむ》った。目を開けると眩暈がして、黒板の下のレッジにつかまってじっとしてないとバランスを崩しそうだった。

生徒はカティアがいつもより下手になっていることに気づいて、ざわざわし出した。文化祭が近いので、生徒は準備に忙しいらしく、講義の途中から折り紙やハサミを取り出し、手作業を始めてしまっていた。椅子の向きを変えて隣の生徒たちと話しているグループもいた。

いつも隅っこに座って真剣に耳を傾けてくれる広瀬はなぜか休んでいて、心細かった。

教員室に戻って椅子に倒れこんだ時、同僚たちが広瀬について話しているのが聞こえた。早口の大阪弁なのでよく聞き取れなかったが、重要な問題らしい。今日授業と部活が終わったあと臨時会議が開かれると幸長が教えてくれた。

話し合いが終わると、向田主任がカティアを振り向いて、

「クリステンセンさんも出席しますね」

と念を押すように言った。

カティアはため息をついた。自分がいても仕方がない会議だし、夜一人で帰るのも怖い。欠席させてもらいたいと言おうと思ったが、言えなかった。

教室の掃除が終わり、部活や文化祭の支度を監督する時間も終了した。がやがやと騒がしい生徒の群れが下校し、校舎が急に静かになった。会議まではまだ三十分あるが、なにも手につかなかった。

会議をするなら早く始めてほしい。まだだれもいない会議室に入って、広いドーナツ型のテーブルに一人で座った。入って右側の壁に、この学校を始めた宣教師の女性の肖像画があった。彼女の顔は完璧なポーカーフェイスで、どうして遠い海を渡って日本に来たのかを教えてくれるようなものは何もなかった。

「あなたは何か強い思い入れがあってここまで来たはずだよね？　あるいは、私みたいに何かから逃げてきたの？」

と囁き声で尋ねてみた。

宣教師の女性は百年以上の沈黙を今日も守っていた。

教員がそろそろと入ってきて、カティアに挨拶だけして小声で話し合っていた。

「お疲れさまです」

幸長は隣の席に座り、小さいお煎餅の袋をカティアの前に置いてくれた。カティアは笑って礼を言った。

会議が始まった。熟語だらけの話で、疲れているせいか、「……です……そして……それで……ます」としか聞き取れなかった。幸長先生はときどき唇を耳に近づけて、簡単な説明をしてくれた。

事務的な連絡が終わり、会議の主題である広瀬結衣の話に変わった。この話題は熟語が少ないので通訳してもらわなくても理解できた。広瀬結衣は華道部に所属しているようだ。今朝、文化祭の準備で部員は早く登校し、花々の陳列スペースを作っていた。広瀬は慌てた様子で遅れてきて手伝い始めたのだが、陳列の中心になるはずの生け花の大きな花器をテーブルから落として割ってしまった。

カティアは顔を顰《しか》めて、

「Oh, Really?」

と英語でつぶやいてしまった。よりにもよって、陶器が落ちる話になるとは……これでは人生そのものが下手な冗談に思われてしまう。

……皿が落ちて来て、ライダーの頭に当たって割れる。ライダーは下品な冗談を言う。そして、「頬が紅潮するとエルビウム・ピンクの釉薬がかかるようで美しい」と言われ、首を引き寄せられ……。

「カティア先生、どうかしたんですか？　暑いの？」

「いいえ、大丈夫です」

広瀬結衣は家庭環境が昔からよくないらしい。アルコール依存症の父親に意地悪な継母がいて、家事も料理もさせられ、失敗すると父に殴られ、母に押し入れに監禁される。幸長によると、広瀬は中学一年のころから情緒不安定で、担任が何回か家庭訪問して両親と話し合ったこともあるそうだ。

華道部のメンバーは広瀬の家庭生活が大変だと以前から薄々気づいていて、先輩は優しく接し、安心して部活に参加できるように計らっている。広瀬は特別扱いされるのがいやで、他のメンバーの倍ぐらい働く。昨日広瀬家で何が起こったのか教師たちは知らないようだが、何か悪いことがあったのは確かだ。

十万円もする花器を割ってしまって、部員の前で恥をかいた広瀬は教室を飛び出してトイレに隠れ、個室から出てくるのを拒否した。担任の丸山先生が一時間も説得してようやく出てきた時には、前腕に切り傷が何本か平行に並んでいて、スカートとソックスと上履きが血で汚れていた。カバンの中に持っていたカッターを使ったらしい。

丸山先生は広瀬を保健室に連れて行った。そして、授業を他の先生に任せて、これまでにも何回かしたように、教頭と一緒に広瀬の家に行った。両親に何が起こったのか聞き出そうとしたが、怒鳴られて追い返された。

なんとひどい話だろう。自由になりたくてこの国に来たのに、駅にはサイコパスがいて、広瀬結衣の家には虐待者がいる。

ミーティングは永遠と思える時間続いた。うとうとしてしまったようで、気づくと椅子が後ろに引かれる音がして教員が立ち上がり始めた。

やっと終わった。しかし、ほっとしたのも束の間、サイコパスのことを思い出して胸騒ぎがした。

モノレールの駅に向かう教員が多かったが、バス停に向かう先生もいたので、怖い思いをせずに乗れた。バスの中は帰宅中の人がたくさんいて、安心した。

日本のバスは治安がいい。アメリカのバスといえば、酔った男性や汚いセーターを纏《まと》ってブツブツ呟く中年女性がいたり、喧嘩腰になって大声で言い合っている者もいたりするので、夜一人で乗るのは危険だ。

それと比べて、日本のバスに乗っていると、「我々は日本人同士だ」という連帯を感じる。混んでいると、温かい人間のキルトに包まれているような安心感を味わう。席は清潔で、鮮やかな模様が付いている。白い手袋を嵌めた運転手の腕時計を見て、この国の正確さを尊敬する。

その晩もバスの中で和やかな気持ちになった。会議や生徒にまつわる暗い話も、ライダーとサイコパスの影も薄らいだが、近所のバス停で下りると不安が戻ってきた。カティアの他に降りる乗客はなく、あたりは静まり返っていた。道は想像していたよりも暗く、コンクリートの壁の後ろから、庭木が真っ黒な影を頭の上に投げかけた。

悪意に満ちた足音がすぐ背後に響いているようで、一歩歩くごとにサイコパスの冷たい手が伸びてきそうだった。

角をいくつか曲がり、屋根の上に太陽の塔のイルミネーションがかすかに見えた。それで安心したのが悔しかった。

14　ちび校長先生

文化祭の日が来た。生徒は早くから登校していて、賑やかにしゃべりながら最後の準備に走りまわっていた。カティアは向田主任に言われたとおり早めに着いたのだが、するべき仕事はなかった。観察しているだけではバカみたいなので、目的があるかのようにあちこち歩き回り、飾りつけをした教室や廊下の陳列を眺めたりした。

野外ステージの前に立って、バンド部の部員がコードをコンセントに差し込んだり、ギターを鳴らして点検したりするのを見上げていると、後ろから向田主任に呼ばれた。何か大事な任務があったのに忘れていたのだろうか。主任はこっちに来なさいと怖い顔で手招きしていた。

「カティアさん。ここで何をしているんですか。やっていただきたい仕事があるんです。早く来てください」

そう言って、主任はカティアの返事を待たずに踵《きびす》を返して校舎の方へ歩き出した。なんなのだろう。自分にできる仕事なんてあるのかしら、と思いながら仕方なくついて行った。

教員室に入ると、数人の先生が机を囲んで立っていた。浮谷もいたので、ちょっぴり嬉しかった。松葉杖は今日で卒業したようで、ブーツ型のもので足を固定している。

机の上には、Ａ３サイズのポスターが五十枚ぐらい積み重ねられ、教頭先生はその一枚を手に取って難しい顔で眺めていた。覗いてみると、何が問題なのかすぐにわかった。

ポスターの中心に三頭身のちび校長先生が描かれているのだ。ちび校長先生はピースサインをしながら、意味ありげにウィンクしていた。

吹き出しそうになって、唇を噛んだ。かわいいのだが、たしかにまずい。

それにしても、このポスターと自分とはどういう関係なのだろう。ひょっとすると、このいたずら書きをしたのが自分だとでも思われているのだろうか。考えるだけで背筋が寒くなった。

浮谷は何かを言いかけたが、教頭の声にさえぎられた。

「カティア先生に頼みたいことがあります」

ちび校長先生を指し示しながら生真面目な声で言うのがなんとなく滑稽で、笑わないように唇の筋肉に力を入れた。

日本語の説明が部分的にしかわからなかったが、そばに立っていた浮谷が小声で通訳をしてくれた。数学の先生なのに英語が上手だった。

浮谷によると、ちび校長先生は長谷美代という美術部の生徒が描いたそうだ。このポスターは一昨日に刷る予定だったが、もともとのイラストは、秋風に吹かれてスカートがめくりあげられ、太ももがあらわになった女子高生が描かれているという理由で却下された。長谷は昨夜違うイラストを描いたのだが、見てみると太ももよりもまずいちび校長先生が登場したので困っているらしい。こんなポスターが学校に掲示されれば大問題になりそうだ。しかし、ポスターはいろいろな場所に飾ることになっているので、ないと困るらしい。

教頭の説明が終わると、主任が腕時計を見ながら言った。

「長谷も美術部の生徒も九時から礼拝に参加しなければならないし、その後はフェイスペイントのイベントの準備があるので、だれも描きなおす時間がないんです。浮谷先生によると、岸部玲奈という生徒が、カティアさんは絵が上手で速く描けると言っていたそうです。それが本当なら、大急ぎで描き直してもらえませんか」

カティアは思いがけない提案を聞いて当惑した。岸部はどうして自分が絵を描けると思っているのだろう。どうして浮谷にカティアを勧めたのだろう。悪意を潜めた策略なのだろうか。

それにしても、浮谷が自分を勧めてくれたと考えると嬉しい。カティアがだめな人間だとだれもが思っているのに、優しい彼はカティアが才能を発揮できる場を与えようとしてくれているようだ。

カティアの混乱に気づいて、浮谷は説明を加えた。

「岸部は、クリステンセン先生が、黒板にかわいいイラストを描くと言っていたんです」

「あっ、あれですか」

最近、授業が始まるまえに黒板の左側に講義の内容を箇条書きで書くように岸部に言われている。それ以前は何も説明せずにいきなり講義を始めていたが、なるほど黒板に授業の流れを書くと生徒もありがたいだろうし、自分も少しは頭の整理ができて効率があがる。二日前、緊張をほぐすために「＊」の代わりに動物の顔を描いた。生徒たちも感心した様子はなかったから、岸部が気づいていたことを知ってびっくりした。

確かに、絵は下手ではない。大学の美術の授業はどれも問題なくAが取れたが、今は……。

「カティアさん、今日は礼拝を欠席してもいいですから、お願いできますか」

主任はちび校長先生を指しながら聞いた。

「これから行事が始まるまで一時間半しかありません。刷って壁に張る時間も必要なので、四十五分ぐらいで仕上げてもらえませんか」

「ポスター全体を描き直さなくてもいいんです」

浮谷が励ますように言った。

「ポスターの中心の……」

浮谷は一瞬戸惑って、教頭をチラッと見た。

「山口先生が描かれているところだけ直していただければ助かります」

カティアは困ってしまった。ライダーの手を使うのは辛い。しかし、断れば浮谷をがっかりさせることになり、この学校の先生たちに自分ができる人間だと見せる唯一のチャンスも失ってしまう。

ポスターを見直すと、どう直せばいいか、いくつかの案がすぐに浮かんできた。この手でなければ、いい仕事をしてみせて、感心してもらえる自信はある。

返事待ちをしている先生たちの表情はだんだん硬くなった。このアメリカ人教師は、やはり何を頼んでもできない無能の人だと思っているに違いない。

「……やります」

この状況に必要な丁寧語は持ち合わせていないので、簡単に答えた。そして、浮谷に英語で言った。

「せっかく描いた線を汚してはいけないから、手袋をもらえませんか」

「いや、いいんですよ」

浮谷は笑って手を振ってみせた。「そんな気遣いは……」

「手袋がなければ、残念ですが、描くことができません」

そう言って、カティアは訴えるように浮谷を見据えた。

「わかりました。すぐ手配します」

何もわかっていないのに、カティアの判断を尊重してくれた。

ポスターのテーマは「大空を翔る」（漢字は翔子の名前と同じで少し励まされた）で、キーボードや絵の具を持った少女が大空を翔っている中心にちび校長先生がピースサインをして浮かんでいた。面倒なことに、ちび校長先生は体より何倍も大きいローブを纏っていて、ローブが少女の背景になっていた。フォトショップならすぐに直せるが、この学校はアナログで、消すには修正液を使わなければいけない。だから、ローブは残し、ちび校長先生だけ消すことにした。代わりにローブを纏った何かを描けばいい。

今は晩秋だ。秋によく登場する動物といえば、リスだ。

「よし」

手袋を嵌めた手で、まずは修正液を使い、ちび校長先生を消した。そして、ペンを握って、ぽっちゃりとしたリスを描き始めた。

物を作る喜びが久しぶりに体に広がり、目を紙に近づけて黙々と描き続けた。リスが少女たちの上にたくさんのどんぐりを降らし始めた。

三十分ちょっとでイラストが出来上がり、緊張して待っている浮谷に渡した。

浮谷は、

「ワウ！」

と英語で叫んで目を丸くした。「素晴らしい絵です。秋の祭りにぴったりですね」

教員室では、ぽっちゃりリスはそれほど高い評価を得られなかった。

教頭と主任は、リスがちび校長先生の化身ではないかと疑うようにポスターを凝視した。

「前のよりはましです。とにかくすぐ刷って飾らないと間に合わないので」

主任は仕方なさそうにつぶやき、ポスターを手にしてコピー室に向かった。

そうして、催し物と陳列とゲームが提供される長くて賑やかな日が始まった。先生も生徒も忙しくしている中で、やはり何もすることがないので、気の向くまま陳列されたものや催し物を見て回った。ダンスや演奏は今流行りのポップソングやアニメのテーマ曲のようだが、知らない曲ばかりで面白さが半減した。

それより気を引いたのは部活のディスプレイや飾られた教室だった。中高生なのにどれも丹念に作られていて驚いた。英会話の授業の途中、紙やハサミで仕上げていたのはこれだったのだ。自分の、いや正確に言えば岸部の英語の授業は、部活や行事や塾など盛りだくさんの学生生活の中の小さな一部分でしかないと思い知らされ、自分は普段よりも薄っぺらな存在に思えた。

吹奏楽部の演奏を覗いてから教員室に戻る途中、「空を翔る」ポスターの前に生徒の人だかりができていることを見て、足を止めた。ある生徒がリスがどんぐりを投げる真似をして何か話すと、ほかの生徒は「そう、そのとおり！」と言って笑い出した。

カティアは慌てて方向転換して来た道を引き返した。

気に入られていないようだ。ありふれたイラストでよかったのに、どんぐりは描きすぎだったのだ。

また余計なことをしてしまった……。

突然気持ちが悪くなった。だれも来そうにない庭の隅の方へ走って、ベニカナメの生垣の後ろにしゃがみこんだ。

大学三年生の春に、花瓶に花を描いてライダーに見せた時のことが、いやでも頭に浮かんだ。

「茶碗に絵を描き込むのはやめないか。僕の方針を知っていると思うのだが？」

師匠にじっと見られた。

「……はい」

「陶器の美は、触感と曲線と、釉薬の色とテクスチャーにある。立体的な美だ。形を引き立てるような点や縞は入れてもいいんだが、絵まで描き込むと、形から注意を逸らすのでよくない」

「でも、デーヴィッド、京都で見た清水焼にはきれいな絵がたくさん描かれていて……」

「清水焼？」

ライダーは眉を吊り上げた。

「あの土産物でしかない焼き物のことか？　勘弁してくれよ。僕はな、ツーリストが買うような土産物を作らせるために こんなに時間をかけて君を育てたんじゃない」

「でも、陶器にはいろいろな種類があって、清水焼は日本では尊重されている立派な焼物です」

「……」

ライダーの沈黙には、彼の許可を得ずに日本留学を決めたカティアへの怒りが潜んでいた。留学プログラムに申請したのは勝手な行動だったが、それはライダーに関わりがある窯元を聖地巡礼して知識を高めようと思って決めたことでもあった。

「ちょっとした絵を加えただけなのです。絵付きの陶器が、絵がない陶器と同じぐらいあることは先生もご存じだと思います。ヨーロッパの磁器、中国の明朝、日本の伊万里と九谷と……」

「伊万里？　九谷？　何が言いたいんだ？」

「だから、花を……」

「そういうことじゃないだろ？　はっきりと言えよ。君は僕と別れたいんだ」

「そんな……」

ライダーと別れる？　太陽をミカンみたいに割って、死ぬ覚悟で太陽系から投げ出すような、そんな狂気じみた行為なんて……。

「始まった時に言っただろ、カティア。こんな日が来ることを。君が僕に飽きて、『あなたは私が思っていた男じゃない。さようなら』と言って去って行ってしまう日が」

気づかないうちに、顔が涙でいっぱいになっていた。顔は動かないまま、涙だけが大量に頬を流れていく。

「先生、ごめんなさい。もう描きませんから」

両腕を伸ばしてライダーの胸元に入ろうとしたが、そこにあったのは優しいデーヴィッドではなく、鉄の壁だった。

「先生、許してください。もう絵は描きません。本当に、本当にごめんなさい」

反応がなかった。

「ごめんなさい、ごめんなさい」

視線を床に向け、涙がタイルに落ちるのを見ながら繰り返した。

途中でライダーはドアを閉じ、スタジオを出て行ってしまった。

生垣の向こうに、はしゃぎ声と楽しそうな悲鳴が聞こえた。日本の女子中高生はどうしてこんなに楽しくしていられるのだろう。

カティアはそれから、ライダーのスタイルを重んじた器を作ってライダーを喜ばそうとした。毎日、必死に轆轤を回した。

粘土はその激しい思い入れにようやく応え、それまでは手が届かなかったライダーの教えを美しく反映した器を一つ、仕上げることができた。

ライダーは五階のスタジオに来なくなったから、それを大学のスタジオへ持っていき、窓辺に飾った。

ライダーは見ているはずなのに、何も言わない。

ある朝大学のスタジオに来てみると、器が窓辺からなくなっていた。

体が寒くなった。ライダーが割って捨てたのだ。

その日は急いで五階のスタジオに戻り、力なくベッドの上に崩れた。飛び降りれば楽になるだろうかと、五階の窓から地面を見下ろしていると、電話が鳴った。

ジェニーからで、今晩食事に来ないかという誘いだった。

どん底の気持ちでレンガの家に行くと、ライダーはうそみたいに陽気な顔でカティアを迎え入れた。

ディナー・テーブルの中心に、ライダーが彼の作品の中で一番高く評価している茶碗が置かれていた。その隣に、カティアが新しく作った器が置いてあった。

見た瞬間に体が震え出し、嬉し涙がこぼれた。

ジェニーがキッチンへデザートを取りに行った時、ライダーはカティアを真剣な目つきで見

て、

「これでいいんだろ？」

と低い声で言った。

「はい」

カティアは即答した。

しかし、それを境に、ライダーの愛情と支援が確かなものだと思える日々は終わった。いくら大事にしてもらっても、いくら夜に激しく抱かれ、「僕には君が必要なんだ」と聞かされても、ライダーの心に鉄の壁があるのを知ってしまってからは、再び心を温めることはできなかった。


イチョウの葉が一枚舞い降りてきた。見上げると、空の色が変わってしまうほど、長い間思いにふけっていたようだ。

生垣の前に出た。おもむろにポスターに近づき、ライダーみたいな冷ややかな目つきで自分の仕事を眺めた。

長谷美代の作品だったのに、どうして紙いっぱいにどんぐりなんか播いて、我が物顔にデザインを変えてしまったのだろうか。この学校に来たばかりで、文化祭の意味さえ理解していない外国人の、なんという思い上がりか。恥ずかしくて、リスの生意気な表情とたくさんのどんぐりを消すことができたらどんなにいいかと切実に思った。

この国にあるのは鉄の壁ではなく、見えないのに越えられない透明な壁だ。いくらどんぐりを投げつけても、だれかが気づいて中へ入れてくれるはずはないのだ。

自分は結局のところ、どこに行ってもまったくの部外者だ。

カティアは教員室に戻った。だれも来ないことを期待して、じっと、小さくなって、机に座っていよう。

15　ハイキング

その週末はずっとアパートにいた。来週の授業の準備にかかろうとしても、ぼうっとテレビを見ている時間が多かった。日が高いうちでも買い出しに行くのが怖くて、柿ピーや焼き鳥を渇望しながら、白米だけ炊いて漬物の残りで食べていた。夜にはサイコパスの夢を見て、昼間はもう考えるまいと決めていた記憶に沈み込んだ。ある夜、ライダーとサイコパスが、プロレスみたいにタッグを組んでつかみかかってくる夢を見た。

こうなってはセラピストにでもかかるべきかもしれない。でも、日本にはセラピストが少ないと聞いているし、頭の中の混沌を日本語で説明できる自信がなかった。

火曜日にA組の教室に入る時はいつもより緊張した。文化祭でポスターを見て笑っていたのがどのクラスの生徒だったかわからない。嘲りの目で見られるのが怖くて、だれとも目を合わせないようにした。

広瀬がいるのは目の端で確認し、とにかく彼女は大丈夫そうだと安心した。

岸部が授業を始めるのを待ちながら、言われたとおり授業の内容を黒板の左端に書いていた。可愛い動物のイラストは、描かなかった。

何も期待しなくなったせいか、講義は、うまくいったとまでは言えないが、何事もなく進んだ。その日のポイントは過去完了形を会話で使うことだった。

黒板に英語で「何をしていましたか」と書いて、「では、みなさん、今朝の午前七時に何をしていましたか」と言って振り向き、飛び上がりそうになった。

三十人の生徒の中心に、ぽっちゃりしたリスが三匹、じっとこちらを見返していたのだ。

「えっ？」

驚きのあまり、声が漏れてしまった。

三匹のぽっちゃりリスが、ニコニコしながらカティアを見つめた。そうか、お面を被っているのだ。

教室のあちこちから、クスクス笑う声が聞こえた。

カティアは黒板に背中を当てて震えた。

しかし、その時、ぽっちゃりリスが三匹とも、ハートマークが描かれている札を持ち上げて、ひらひらと振った。リスのお面とハートマークが左右に揺れ、教室のあっちこっちから拍手が起こった。

ぽっちゃりリスたちの意図は何なのだろう。仮面とハートマークを額面どおりに受け入れるべきか、悪意に満ちた冗談と思うべきか、見当がつかなかった。自分もなにか気の利いた冗談を言った方がいいのだろうか。

結局何も言えずに黒板を向いて講義を続けた。

「今朝の午前七時に何をしていましたか」

とさっきの質問を繰り返したが、生徒たちはソワソワしていて応えようとしなかった。

残りの講義はいい加減で、カティアはひたすら、三匹のリスが何を伝えたかったのか必死に考えていた。

授業の最後に、文法の小テストをした。テストの時だけ、生徒たちは真面目になって黙々と書いていた。テスト用紙を回収して、岸部の合図で「これで終わります」と締めくくった。

教室を出ると、いい授業じゃなかったのに、どうしてか温かく嬉しい気持ちになっていた。ぽっちゃりリスとハートマークを見た時、一瞬だけ、A組の輪に入れてもらえた気がしたのだ。

教員室に戻って小テストの採点をしていると、六人の生徒が紙にリスのイラストを描いていることに気づいて、思わず笑ってしまった。やはり好意なのかしら。三十枚の一番下にある広瀬の小テストを見ると、彼女も紙の端に小さく薄い鉛筆の線でリスのイラストを描いていた。リスの周りに、ハートマークがいくつも描いてあった。

その夜、翔子から電話があった。

「カティア、『はい』とか『大丈夫』だけで返信しないで、ちゃんとメッセージに答えてよ。あれから本当に大丈夫なの？　警察から連絡はあったの？　サイコパスは捕まった？」

「ううん、捕まっていないけど、一昨日栗畑巡査から電話があった。頑張って探しているみたい……だから大丈夫です」

「大丈夫」からはほど遠いが、そう言わないと悪いと思った。

「今週末も会おうか」

「うん、会いたい」

嬉しかったのだが、翔子がどうして毎週末空いているのか疑問だった。自分より楽しい友達が何人もいそうなのに。

「よかった！」

翔子ははしゃいだ。

「モミジが見ごろだし、京都にでも行こうか」

「京都はだめ」

思わず強い口調で答えて、しまったと思った。京都は日本では一番行きたくないところなのだが、理由を翔子に説明できない。

「あら？　カティアは景色や美術が好きなのに、どうして？」

「あのう……留学生の時に何回も行って、見られるものを全部見てしまったので」

と嘘をついた。どうして自分には禁じられた場所や言葉や記憶がこんなに多いのだろう。ほかの人は自由に歩き回っているのに。

「でも、京都にもいろいろあるよ。お寺を回ったからといって、全部見たことにはならないよ」

それは否定できないし、翔子が納得する理由は思いつかない。どうしようと迷っていると、教員室で「有馬」という温泉があると聞いたことを思い出した。

「有馬はどうですか。面白いと聞きました」

「有馬、ね。ふ〜ん。京都と比べると面白くないと思うよ。でも、待って。太閤の湯もあるし、ハイキングして行くのは面白いかも」

「ハイキング？」

土地勘がまったくないカティアは眉をひそめた。

しかし、翔子はすでにハイキングで有馬に行くことに決めたらしく、とにかく京都行きは免れた。

それからの一週間は長かった。混んでいるバスで通うおかげで準備時間が減り、集中力がないのにより効率的に働かなければならなかった。万博記念公園駅に近い道を歩くのが怖いので、彩都で少し買い物をしてリュックに詰め、バスの中に持ち込むことにしていた。バスは狭いし運べる物は少なく、満足できる料理がしにくかった。

唯一慰めになったのは、生徒たちとの関係が少しずつよくなっていることだった。ぽっちゃりリスのイラストがよかったと見えて、教室がようやく落ち着いた気がする。

希望が湧いた。こんな自分でも、教えるのがうまくなれるかもしれない。過去は捨てて、まともな人間になれるかもしれない。なんのわだかまりもなく陽光の中を歩いている自分を想像して、胸が高鳴った。

Ａ組の生徒の中では、以前と同じく広瀬が一番真面目に講義を聞いていた。広瀬が小テストにぽっちゃりリスの絵を描くのは、内気な彼女にとって大胆な行為だろう。広瀬と自分は違うし、自分の方は虐待や暴力を受けたのではなく、意地悪な師匠と喧嘩別れしただけなのだが、人に裏切られて殻に籠りたい気持ちはよくわかる。広瀬が小テストに描いた薄くて小さい不安そうな線を見ると、労《いた》わりたいのだが……。

「この手ではだれにも触れてはいけない」

とカティアは呟いた。

ある日、幸長さんに話しかけられた。

「カティアさんにはグルーピーがいるようね」

「え？」

「リスたちのことよ」

カティアは苦笑した。

「グルーピーじゃないです。いじめられています」

「そうね」

と幸長は明るい声で言った。

「うちの生徒はわかりにくい時があるのよ。でも、リスちゃんは人気があるようよ。グラウンドでお面をしている子を見たから。あのお面は人気者の高橋麗美が描いたらしいわ。美術部じゃないけど、イラストが上手な子なの」


待ちに待った土曜日の朝は、最高の天気だった。

二人は芦屋川駅で落ち合う予定だった。そこからハイキングがスタートするのだ。

カティアはモノレールを避けてバスに乗り、阪急電車の駅で電車に乗った。周りを警戒しながら二度電車を乗り換え、芦屋川で降りた。

翔子は駅前で待っていた。カティアはジーンズと、首を隠すタートルネックを着てきたが、翔子は紫色の帽子にホットピンクの長袖のハイキングシャツを着ていて、アウトドア用のミニスカートにスパンデックスのレギンスとおしゃれなハイキングブーツを履いていた。肩には登山用リュックサックを背負っていた。

「全部登山が趣味の友達に借りたの。それより、その靴を履いて行くつもり?」

「うん」

履いているのは、マサチューセッツ州から持ってきた、粘土のシミが残っている安物のスニーカーだった。

翔子は自宅のプリンターで印刷した地図の束を参考にしながら住宅街の中を上っていった。

交差点があるたびに長い間地図を見ていたが、方向を決められず、登山服の人が通ると、ほっとしたようについて行った。

ようやく、山の入り口のような「ロックガーデン」と書いてある看板までたどり着いた。

山に入ると風を感じなくなり、少し暑くなったが、サイコパスに出会う確率はゼロに近いと思って、気楽に歩いた。

道は急勾配になり、岩の間を上らなければならなかった。前後にいる人はだれもが丈夫なハイキングブーツを履いていた。なるほど安物のスニーカーで登るのは危ないのかもしれない。どうにか無事に登り切って、緑の山に縁どられた神戸市を展望できる高いところに出てきた。二人はリュックからお茶を出して、休みながら飲んだ。お茶を喉に流し込んでも、もう痛くなかった。

「これで半分ぐらい？」

カティアが聞いた。

「いや、まだまだみたいよ」

翔子は首をかしげながらプリントを見ていた。

「雨ヶ峠まで五十分……そこから六甲山頂上までは七十五分……」

「それから有馬ですか」

「いや……」

翔子は難しい顔をしてプリントのページをめくった。

「そこから有馬まで七十分ぐらいって書いてある。なんだ、こんなに遠いのか」

翔子はちょっと疲れているみたいだった。

カティアは立ち上がった。

「どんどん歩かないとね」

「そうね、よいしょっと」

翔子も立ち上がり、ぐっと顎を引いてうなずいた。


約四時間半後、イノシシに弁当を狙われたり、迷子になったりしたあと、地図に騙されたのだろうかとカティアが思い始めていたころに、足元にいきなり舗装道路が現れて、有馬町に入った。

スニーカーの底が薄いせいで母指球がじんじん痛んでいたが、山しかなかったところに急に小さい町が現れて、嬉しかった。もしかしたらハイキングが苦手なのかもしれない翔子もパッと明るくなり、二人はすっかり元気を取り戻した。

翔子は町の中心から少し離れた安いホテルを予約していたが、チェックインには早すぎたので、二人はぶらぶらと町を散策した。

漬物や民芸の土産物屋がずらりと並んでいて、面白かった。翔子は工芸品を指さしては感嘆の声を上げ、帽子にこういう飾りを付ければ面白いとか、この生地をドレスに使いたいとか、写真まで撮って店主を怒らせたりした。カティアは翔子の発見の旅を見て笑っているだけでよかった。

「ねえ、お土産買わなくていいの？」

翔子に聞かれてカティアはハッとした。この国ではお土産を買うのが義務だということを忘れていた。幸長と浮谷には買ってあげたい気持ちはあっても、つまらないお菓子を数が足りるかどうか計算しながら買うのは面倒くさいし、大事なお金の無駄遣いにもなる。仕方なく、翔子がいいと言っていた温泉マーク付きの饅頭パックを買ってリュックに入れた。

駅の近くに「足湯」というのがあった。靴と靴下だけ脱いで足をお湯にぶら下げるところらしい。

翔子はお湯に足を入れると、

「わあ、気持ちいい！」

と言った。

「うん、気持ちいいね」

疲れた足をお湯に入れて、眺めた。この足は安物のスニーカーではるかな日本まで自分を運んで来て、今日も四時間半も懸命に歩いてくれた。手と違って、足は無垢できれいだった。マニキュアは足にすればよかった。

翔子の足を見た。翔子は世界の反対側に生まれた人なのに、足は自分のとよく似ている。翔子にもこの世を生きてきた経験があり、顔を見るだけでは気づかない心の世界があるはずだ。

もし自分の記憶を翔子の頭に入れることができたとすれば、愉快そうな顔が暗くなるのだろ

文藝春秋の新刊

4

2023

「加茂川」©大高郁

文藝春秋の新刊

●THE ALFEE高見沢俊彦の小説第3弾！
特撮家族
高見澤俊彦

皆が何かの「オタク」な田川家。父が急逝し、遺されたのは大量の怪獣フィギュア!? 神様まで巻き込み、前代未聞の兄妹ゲンカが開幕！

◆4月5日
四六判
上製カバー装

1980円
391680-4

●異国の地で奮闘する、アメリカ人女性の青春小説
こんばんは、太陽の塔
マーニー・ジョレンビー

少女時代から陶芸家を志すカティアだが、恋人でもある師匠と決裂。日本は大阪に渡り、語学教師として悩みつつも新たな生を模索する

◆4月10日
四六判
並製カバー装

2090円
391681-1

●野球エリート軍団に、東大生は勝てるのか？
東大野球部には「野球脳」がない。
最下位チームの新・戦略論！
文藝春秋編

文武両道はいらない。打撃、盗塁、投球術などの「個の力」を磨きあげて、甲子園のスターたちと戦った。それでも何かが足りなかった

◆4月10日
四六判
並製カバー装

1870円
391682-8

●あの本の、あの一文が、

◆発売日、定価は変更になる場合があります。
表示した価格は定価です。消費税は含まれています。

●現代日本の礎を築いた徳川三百年の叡智

将軍の世紀 上下

山内昌之

パクス・トクガワーナが、今の日本の骨格を作った。三百年もつシステムを創出した家康の叡智の本質とは。山内史観の到達点がこれだ！

◆４月24日
四六判
上製カバー装
予価上・下各3300円
391691-0
391692-7

●お笑いが、僕の人生の全てを救ってくれた

星屑物語

ほしのディスコ

芸人になると決意した日のこと、歌への想い、家族の話、これまで隠してきた過去……。素の自分をさらけだして綴った自伝的エッセイ

◆４月24日
四六判
並製カバー装
1540円
391693-4

●「共に戦おう」もう俺（勇者）は独りじゃない！

俺、勇者じゃないですから。4

VR世界の頂点に君臨せし男。転生し、レベル1の無職からリスタートする

原作・心音ゆるり　漫画・伊咲ウタ

「小説家になろう」で大好評のコミカライズ待望の第４巻

◆４月26日
Ｂ６判
並製カバー装
858円
090144-5

直木賞受賞！　犬を愛するすべての人に捧げる感涙作

少年と犬

馳　星周

858円
792021-0

奇妙で、不穏で、とびきり純粋な愛の物語

木になった亜沙

今村夏子

682円
792022-7

豪華寝台列車「ななつ星」をめぐる7つのストーリー

Seven Stories

星が流れた夜の車窓から

井上荒野　恩田　陸　川上弘美　桜木紫乃

682円
792023-4

家族3人がそれぞれに抱える秘密

秘める恋、守る愛

髙見澤俊彦

858円
792027-2

応仁の乱にはじまる《仁義なき戦い》!!

乱都

天野純希

880円
792028-9

私は、私の幸せを失いたくない——

瞳のなかの幸福

小手鞠るい

880円
792029-6

東大駒場キャンパスに存在する「七つの迷宮」の謎を解け！

駒場の七つの迷宮

小森健太朗

1012円
792030-2

たった5分で見えていた景色が変わる！

BKBショートショート小説集

電話をしてるふり

792円
792031-9

文春文庫〈

4月5

終電車に「頭」の忘れ物!? 大好評シリーズ

幽霊終着駅《ターミナル》

赤川次郎

726円 792024-1

日銀、東京駅…近代日本を建てた男の一代記!

東京、はじまる

門井慶喜

1001円 792025-8

珈琲の香りと古時計の音が誘う感動のファンタジー

魔女のいる珈琲店と4分33秒のタイムトラベル

太田紫織

803円 792026-5

読売、日経、ヤフー 波乱の三国志

2050年のメディア

下山進

1210円 792032-6

あれもこれも食いたくない、信念の熊

パンダの丸かじり

東海林さだお

770円 792033-3

娘を救いたければ、お前の乗っている旅客機を落とせ!

座席ナンバー7Aの恐怖

セバスチャン・フィツェック 酒寄進一訳

1166円 792034-0

学藝ライブラリー

他者の心の集合体=数学が脳を育てる

心はすべて数学である

津田一郎

1265円 813105-9

文春時代コミックス

池波正太郎生誕100年。鬼平よ、永遠に!

鬼平犯科帳118

さいとう・たかを 原案・池波正太郎

748円 009218-1

文春新書〈4月の新刊〉

4月20日発売

黒幕を知れば日本社会がわかる

黒幕の日本史

本郷和人

902円 661402-8

ハーバード大学医学部助教授による現代社会への処方箋

ソーシャルジャスティス(仮)

小児精神科医、社会を診断する

内田舞

1122円 661406-6

経済安全保障の最前線!

半導体有事

湯之上隆

1045円 661345-8

話

読者と作家を結ぶリボンのようなウェブメディア

印象的なビジュアルデザインで
ーや文庫解説などの読み物が
す。書籍の内容紹介、新刊の
弊社刊行の書籍情報もいち
す!

桁の数字は書名コードです。書店にご注文の際は、
版社コード[978-4-16]をお付けください。
い場合は、ブックサービスへご注文ください。
(9:00〜18:00)土・日・祝日もご注文承ります。

示した価格は定価です。消費税は含まれています。

文藝春秋

京都千代田区紀尾井町3-23 ☎03-3265-1211

http://www.bunshun.co.jp

ニッポンの企業トップが語る、逆境を生き抜くエッセンス！

逆境経営

樽谷哲也

1155円
661403-5

本の

「本の話」では
著者インタビュ
お楽しみ頂けま
発売情報など、
早くお届けしま

[ご注文について]
◎新刊の定価下の
頭に文藝春秋の出
◎お近くの書店にな
☎0120-29-9625

●表

〒102-8008 東京

西崎伸彦

●中国は必ずやって来る。備えはあるか！

沖縄有事

ウクライナ、台湾、そして日本――戦争の世界地図を読み解く

牧野愛博

プーチンのウクライナ侵攻の次は、習近平の台湾だ。元米軍司令官が「6年以内」と指摘した極東有事。日本の準備は出来ているのか

◆4月11日
四六判
並製カバー装

1760円
391685-9

●検察は正義ではなかった

負けへんで！

東証一部上場企業社長vs地検特捜部

山岸 忍

“第2の村木事件”と呼ばれる冤罪事件はなぜ起きたのか？ 上場企業の社長と弁護士のドリームチームが完全無罪を勝ち取るまでの戦い

◆4月12日
四六判
並製カバー装

1870円
391686-6

●変死事件で暴かれる町の秘密

魔女の原罪

五十嵐律人

僕らの通う高校では“法律”が唯一のルールだ。だが、ある変死事件をきっかけにこの奇妙な“常識”が作られた秘密が暴かれる――

◆4月24日
四六判
並製カバー装

予価1870円
391688-0

●注目の時代小説作家によるニューヒーロー、登場

藩邸差配役日日控

砂原浩太朗

江戸の総務部総務課――藩邸差配役には日々、大小さまざまな厄介事が持ち込まれる。ある日、「若殿が消えた」との報が……

◆4月21日
四六判
上製カバー装

1925円
391689-7

●〈中国のスティーヴン・キング〉が放つホラーミステリー！

幽霊ホテルからの手紙

蔡駿

血だらけの美女から託された木匣を届けに幽霊客桟を訪れた作家が見たものとは。十二通の手紙が物語る惨劇と驚愕のどんでん返し！

◆4月26日
四六判
並製カバー装

予価2200円
391690-3

うか。カティアはすぐに首を振った。翔子は翔子らしく、隣でキラキラ光っていてほしい。その輝きがだんだん自分にも浸透してきて、自分を一から作り直してくれるならどんなにいいかしれない。

日差しの角度がだんだん変わり、夕日が山にかかった。

「そろそろ旅館に行こうか」

翔子が西日から目を守りながら言った。

「でも、もう歩くのはごめんだから、タクシーで行こう」

16　ゴボウの小皿

留学生のころ、一度ホストファミリーと箱根の旅館に泊まったことがあったので、懐かしかった。チェックインしてしばらく部屋で寛いだが、カティアは緊張が高まり始めていた。日本の習慣に従って、夕食の前に温泉に入らなければならないからだ。

ライダーの手のせいで、日本の銭湯や温泉にはまだ一度も入ったことがない。箱根の時は、入りたくないと言うと、お母さんはすぐに承諾してくれた。

その時はそれで済んだのだが、今は翔子と二人きりなので、一緒に行かないとおかしい。もちろん、生理だと言って部屋に残ることはできるが、その時の惨めな気持ちを想像すると胸が痛くなった。

では、どうすればいい？　裸を見られるのはまだましだが、裸になった結果、手も見られてしまう。

温泉の写真には、手に小さいタオルを持っている人がよく映っている。そんなタオルを使って隠せばいいかもしれない。

でも、待って。今は手だけじゃなく、首にまだ残っているサイコパスの爪痕も隠さなければならない。タオルが一枚では足りない。二枚？　三枚？　何枚も使って隠そうとすれば、タオルだらけのフランケンシュタインになってしまう。

決めかねているうちに、恐れていた明るい言葉を聞いた。

「さあ、お風呂に入ろう！」

「待って……」

じっと立ち尽くしていると、後ろから肩を押された。

「早く行こうよ、お腹空いたし」

抵抗できないうちに、もうエレベーターに乗っていて「大浴場」というところへ下がっていた。

中年男性が気持ちよさそうにマッサージチェアに座っている部屋を通って、「女湯」の暖簾《のれん》をくぐりバスケットと棚がある部屋に入った。さまざまな年齢の女性が服を脱いでいた。

翔子とは反対向きのところに立って、できるだけ手も首も体もだれの視界にも入れないようにTシャツとジーンズを脱ぎ、温泉の広告写真に登場する白いタオルを探した。タオルは、なかった。

「忘れたでしょ？」

肩を叩かれて、カティアはドキッとした。翔子は得意げに笑い、一枚の小さいタオルを渡してくれた。それからカティアは、サイコパスの爪痕を隠すために顔を下向きにし、タオルをマフみたいに使って手を隠しながら、翔子に従って風呂場に入った。

広い浴場で、石畳の床に埋められたお風呂が二つあった。フランケンシュタインじゃない人にとっては、気持ちよくて落ち着く空間だろう。カティアも岩や噴水や観葉植物をじっくり見て楽しみたいところだが、下を見続けた。

日本語の授業で教えられて、まずシャワーを浴びなければならないと知っていた。端っこの椅子に座ってしばらくじっとしていたが、近くに座った翔子は早くもシャワーを済ませていた。手をタオルで隠しながらシャワーのハンドルを取り上げ、不愉快な気持ちを抑えながらとにかく体を洗った。素手で体を洗うのはずいぶん久しぶりだった。シャワーを浴びる時は必ずゴム手袋を嵌めていた。

体を洗っている間、絶対に思い出したくない記憶を防ぐために、頭の中でよく書き順を間違える「飛」を描き続けた。

翔子が立ち上がるとカティアも立ち上がり、岩壁に縁どられた大きい方のお風呂へ歩いた。

手はタオルで隠し、傷が見えないように首は深く垂れて入ろうとしたが、呼び止められた。

「カティア、タオルはお湯に入れないの。それがお風呂のマナー」

「だめなの？」

パニックが込み上がってきた。

「じゃあ……どうするの？」

「頭の上に置くの」

翔子は自分のタオルを畳んで、頭の上に無造作に置いた。

「それに、髪だけど、束ねておかないと」

「たばねる？」

「アップ。プット・イット・アップ。これを使って」

翔子は何でも二つぐらいもっているようで、黒いヘアバンドを渡してくれた。

手と首を隠せるものを全部取り上げられて、湯船に入った。お湯はたっぷりとあるので、肩まで浸かっていれば手は隠せたが、首は無理だった。

「カティア、本当にひどいね。病院で見てもらった？　警察の方はどうなっているの？」

部屋に戻ると、さっぱりしたはずなのにヘトヘトになっていた。

「顔色がよくないよ。熱いのに無理して長く入ってたんじゃない？　これ飲んで」

翔子は冷蔵庫から冷やしておいたペットボトルを取り出して渡してくれた。おしゃれなイラストが描かれていてジャスミンの香りがした。喉を通ると冷たくておいしかった。

二人はそれからダイニングルームまで降りて、淡いピンクのテーブルクロスが敷かれたテーブルに座った。安い旅館なのに、壁にかかった水彩画や小さな花瓶に飾られた紅葉と野菊のアレンジメントは心がこもっていてきれいだった。

座るとすぐに食事が運ばれてきた。カティアは和食が大好きで、焼き魚とみそ汁だけでも嬉しかったが、工夫に富んだ秋らしいおかずを見て感嘆した。お金はそれほど使わずに、目を楽しませてくれるものばかりだった。ほおずきが皿の代わりになっていたり、豆が松葉の串に刺されたりしていて、アレンジしてくれた人の器用な手先が想像できた。

お盆に並べられている陶器も美しかった。縞模様の皿、ゴツゴツした手触りのいびつな皿、フリル付きのガラスの皿、漆器。花模様の皿もあった。

バラエティーに富んだこのいくつもの陶器はどこのだれが作るのだろう。今晩、日本中の旅館で何万もの模様と形の陶器がお盆にのせられて客の前に置かれる。さまざまなデザインが施され、粘土が捏《こ》ねられ、窯で焼かれ、飾りつけがされる。

同じ夜、アメリカでは、何万の人の前に、何の工夫もない一枚の皿に肉と野菜とパンとポテトがドカンと置かれている。

翔子は陶器の奇跡を気にも留めず、箸で豆を口に放り込みながらライトアップされた庭の景色を眺めていた。

話題は、今日ハイキングの途中に出会ったイノシシに変わった。お酒で温まった二人は「かわいかったね」と何回も言った。翔子は、部屋に帰ったらイノシシのぬいぐるみを作りたいと言い出した。今日土産物屋で買ったハンカチ二枚で体を縫って、牙には、旅館の店で見た鼈甲《べっこう》の櫛の歯を使う。

「かわいくなりそうでしょ?」

「うん。かわいいのができそう」

ほのかな酔いに包まれて、心地よかった。

ゴボウの入った小皿が、きれいだと思った。アリスブルーの釉薬の効いた小さな器だった。カティアは指で撫でた。

この小皿でゴボウをいただくと豊かな気分になる。

ライダーはなんと言うだろうか。

「ゴボウの皿? 勘弁してくれよ。僕はな、野菜を入れる皿を作らせるためにこんなに時間をかけて君を育てたんじゃない」

しかし、デーヴィッド。あなたから遠く離れたこの国では、今、こんな「土産物」がどんどん作られて、人々の日常生活を飾り、特別な日の食事を忘れられない時間にしてくれている。あなたが見くびっているふつうの職人たちが作ったお皿よ。

そうよ、デーヴィッド! この皿たちにも、筆でいろいろな模様が描いてあるのよ。模様の描かれている皿や茶碗は、世界中にいくつもいくつもある。なのに、どうして私に一輪の花を描かせてくれなかったの。

部屋に戻る途中でも、ずっと皿のことを考えていた。

さっき手に取ったゴボウの小皿が、愛しいものに思われた。ちょっとした皿に人間のぬくもりを感じると、無機質のものでも命を与えられ、生き生きと生まれ変わる気がする。

ライダーの器を手に取って、そんなふうに感じたことがあるだろうか。美しい器に触れて、息をのんだことがある。茶道家か愛好者なら、絶対にこれを使いたいはずだといつも思った。いい茶碗がどんなものであるか理解するようになると、そのすばらしさにますます圧倒された。しかし、ゴボウがのったアリスブルーの小皿には、ライダーの器にはない、魔力みたいなものがあると思う。

昼の土産物屋を思い出した。あそこにあった茶碗を買う人は、大きな何かを期待していない。手に取った人を束の間楽しませるだけでいいのだ。大きな何かを期待されていないからこそ、食卓の上で悠々としていられる。そんな小皿が、買われた人の食卓に登場し、一生愛してもらえる。

自分もそういうものを作ってみたかった。

でも、本当にそれでいいの?

自分の中のライダーがブレーキをかけた。

大師匠に抜擢され、ずば抜けた技術を丁寧に教えてもらい、援助も受けた。本当はいくら背伸びしても入れないアイビーリーグの大学に行き、立派な卒業証書をいただき、ハイ・アートを作れるようになった者にとって、その師匠の教えを捨ててゴボウの小皿を作るのには勇気が要る。

麻痺した今の自分には、まだその勇気はない。

翔子は部屋に帰るとすぐに、ビールの缶と裁縫キットを取り出し、イノシシのぬいぐるみを縫いはじめた。

翔子を見て、カティアは、

「鉛筆を貸してください」

と言った。

陶芸人として独り立ちする勇気はなくても、絵を描くことならできる。ぽっちゃりリスはそれを証明している。

翔子は手を叩いた。

「カティアが絵を描くの！　いいわね！」

翔子はリュックから鉛筆やペンが入っているおしゃれな鉛筆ケースを取り出した。

カティアは青いシャーペンを選んで、自分のリュックから肌色の手袋を取り出してはめた。

「どうしたの？」

「皮膚病です」

と、昔から用意されている言い訳で答えた。

「ああ、そうなんだ」

翔子は気に留めた様子もなく、ビールを一口飲んだ。いつものことだ。手が大きすぎて変な形をしているのが見えるはずなのに、気づかないふりをされる。なんでも率直に言ってくれる翔子でもそうだと思って、悲しかった。

翔子はさっきギフトショップ（もう閉まっていたが、翔子はスタッフを呼んで特別に買わせてもらった）で買った櫛の歯をビューラーで折った。

「櫛を、壊すの？」

「うん。だけど、もったいないから捨てないよ。取っておいて、後で帽子の飾りとブローチに使うの」

翔子はそのあとテレビをつけると、今流行りのドラマを観ていた。登場人物たちに一喜一憂し、カティアがわからない場面を面白おかしく解説してくれた。カティアは日本のテレビドラマが不思議だと思っていた。男の人がよく泣いて、女の人が泣かないのも不思議だし、登場人物が絶望した日に必ず大雨になるのもおかしい。

番組が終わったので、描いていたイノシシの漫画を翔子に見せた。

「これ、ほんとにかわいいね！　日本語のセリフはちょっとわかりづらいけどね。これ、描き終えたらもらってもいい？」

「もちろん、いいです！」

つまらないものでも、やっと翔子にお返しができて嬉しかった。

漫画をさらに念入りに描き始めた。イノシシは六甲の頂上で税関所を設け、果物を持って通ろうとする者がいれば没収してしまう。「税関」を日本語で書けないから「カストムズ」とカタカナで書いた。

翔子が首を傾げたので、「空港にある」と説明した。

「国に入る時、お金を払わなければならない所」

日本人が大好きな連体修飾名詞が使えて、少し得意になった。

「わかった」

翔子はカティアのイラストの上に「税関」と書いた。

カティアは描き続けた。イノシシはたくさんの果物を集めて、ガツガツ食べた。イノシシはそれから欲が出て、「山上で果物屋をやればもうかるだろう」と知り合いの狸に持ちかけた。狸は乗り気になって、山上に果物屋の店を開いた。イノシシは大喜びで、人間が狸の店で買ってきた果物を税関所でどんどん没収して食べた。

翔子はそこまで見て、ゲラゲラ笑い、

「鳶も共犯にしたら？　鳶ものすごい欲張りなのよ」

と提案した。

カティアは鳶の意味を電子辞書で調べて、描き始めた。山上にちょっとした商店街ができた。二枚の紙の表も裏も漫画で埋まってしまい、ビールの二本目の缶が空になった時、イノシシのぬいぐるみが出来上がった。パッチワークのイノシシはとてもかわいかった。

翔子はノートブックの螺旋綴じを四分の一ほど引っ張り出して、イノシシに小さい眼鏡まで作っていた。蹄《ひづめ》に使った革をどこからもってきたのかと不思議に思っていると、翔子は財布を開けて、革の仕切りからマニキュアばさみで切り取った部分を見せた。

翔子は素敵だ。工作に夢中になり、その場の勢いで櫛を壊したり財布を切ったりする。なんてすごい情熱の持ち主なのだろう。

こんなにスラスラと、なりふりかまわず漫画を描いている自分にも、カティアは驚いた。まるで悩みなんか一つもない人間みたいではないか。

この晩のことはずっとずっと忘れないだろう。

「あっ、そうだ。すご〜く面白いことを思い出した。カティア、太陽の塔が気になっているでしょ？　実はね、叔父さんの友達で万博公園で清掃員をしている人がいて、塔のカギの保管場所を知ってるんだって。ね、そのカギを借りて、中に入ってみない？」

17　京都へ

有馬からの帰りに、来週末も出かけないかと誘ったが、友人と先約があるから再来週にしようとあっさり断られた。

やっぱり友達がいる。翔子には翔子の都合があり、断られてもぜんぜんおかしくないのに、傷ついた。

一週間は無事に過ぎた。教室では少しずつ上手になっている気がした。バスで通っているので、サイコパスの心配もモノレールより少ない。

土曜日は宿題の採点や教案の作成があり、テレビをつけっぱなしにして一日中作業したが、日曜日にはすることがなかった。

カティアは「自由」を満喫したいと思った。

先週末たくさんの小皿を見たことで、京都の清水寺を思い出した。もう京都には行かないと自分に言い聞かせていたのに、どうしてか突然、行きたいと思いはじめた。清水寺に行ければ、大きな前進になる。

でも、行くには心構えがいる。

カティアは深呼吸して、リュックを背負い、出かけた。モノレールには乗らず、少し遠い阪急線の山田駅まで歩いて電車に乗った。最近はバスにばかり乗っているので、モノレールでなくても電車に乗ると緊張して、十三《じゅうそう》駅で京都線に乗り換えるまで胸が鳴り続けていた。週末のせいか座席が埋まっていて、立ちながら京都へ向かった。

京都の河原町駅で降り、観光客の群れに混じって清水寺に向かった。空は晴れていたが、東の方に不機嫌そうな濃い灰色の雲があった。

敢えて京都に来ている。でも、期待していた自由な気持ちはなかなか訪れなかった。

鴨川の橋に寄りかかり、川を見下ろした。緊張していて体が重い。

歩いているうちに、灰色の雲が広がり、空を覆い始めた。雲に追われているようで、空が暗くなる前に産寧坂《さんねいざか》まで行かなければ、間に合わない気がした。

最初に京都に来た時の気持ちを思い出そうとした。

大学三年生の秋、留学生として東京に来ていたが、一度だけ宇治を旅して、朝日焼の窯元を見に行ったことがあった。ライダーは大学生の頃、一か月日本に滞在し、朝日焼のマスターの窯元で見習いをしたことがあった。バーナード・リーチ風の器を作っていたライダーは、朝日焼を見て茶道家が使う器の美しさに目覚めたそうだ。帰国してから、二つの作風を混ぜて独特なライダー・スタイルを築き上げた。カティアもライダーのインスピレーションの元となった朝日焼に憧れていて、どうしても行きたかった。

東京駅を出る時、見送りに来ていたホストファミリーのお母さんが「駅弁」というお弁当を買ってくれた。それからお母さんは人を見送るための特別な切符を買って、一緒にホームに上がった。

「富士山側の席にしてあるから、見てくださいね」

とお母さんは念を押して、カティアが正しい車両の正しい座席に座っていることを確認してから車外に出た。

新幹線が動き出すまでの時間、お母さんは窓の外で待っていてくれた。窓の外を見てずっと手を振り続けるべきなのかわからなかった。緊張したまま、姿勢よく座って下を見ていた。ようやく車両が動き始めると、カティアもお母さんも、相手に初めて気づいたかのように手を振り合った。

新幹線は飛ぶように進み、宇宙船に乗っているみたいだった。富士山がどこにあるかわからないし、結局見逃してしまった。それから二時間半の間、トンネルや山腹、大きいビルや畑のある盆地、たくさんの漢字の看板、きちんと刈り取られた茶畑、日光で輝く海など、数えきれない不思議な風景を束の間だけ見せられて、日本という国を知り始めた。何もかもが新しく、楽しかった。

京都で乗り換え、鈍行列車で少しずつ宇治に近づき、「どうせ行くのなら」と言うライダーの紹介で朝日焼の窯元を訪れた。自分の師匠はこの遠い町でも有名になっているようで、駅まで出迎えてくれた偉い陶芸家が、歩きながらライダーの作風を絶賛していた。

その日は陶芸家が予約してくれた旅館に泊まり、優雅な料亭で「カイセキ」料理をご馳走してもらった。夕食後陶芸家の家に招かれ、畳に座りながら箱入りの宝物をたくさん見せられた。こんな機会は一度しかないと思い、何一つ見逃すまいと渡された陶器を食い入るように眺めているうちに、一つのお碗を手にして意外な発見をした。

この器はライダーのよりよいのではないか?

カティアは自分のこの大胆な考えに驚愕し、器を畳に落としそうになった。

それまではどの陶芸家も匹敵できない巨人と思われていたライダーという存在が、縮んで小さくなってしまった。

カティアは慌てて器を持ち主の手に戻した。

帰り道、高級な贈り物で重くなったリュックを電車の網棚には上げずに、大事に抱えていた。陶器は重いのに、体が軽くなっていた。ライダーの支配下で生きてきた自分は、ここに来て初めて、広く開放された陶芸の世界に目覚めたのだ。

車窓から京都の郊外を眺めながら、ふふっと笑った。ライダーがどうして自分を日本へ行かせたくなかったか、理由がわかった気がする。

もう一日あったので、次の日はホストファミリーのお母さんが富士山と同じく「見なさい」と言っていた清水寺を訪れることにした。迷いながら清水寺の近辺を歩き、ようやく観光用の地図に描かれている「産寧坂」という難しい漢字の名前の坂にかかった。

線香のかぐわしい匂いが漂い、たくさんの鈴が風に撫でられて涼しい音を立てていた。突然の色と香りと音のご馳走を目の前にして、夢の中に迷い込んだようだった。自分を忘れて感覚だけの生き物になり、坂の上へ続くワンダーランドを探検した。

子どものころ暮らしていたアメリカの中西部では、アイスクリームの味はバニラかチョコレートかストロベリーのどれかだった。女の子のおもちゃはバービー人形かぬいぐるみ。野菜はキャロットかブロッコリーで、スターチはポテトかパンだった。

そんな世界の中で育った自分は、坂を上って行くうちに生まれ変わっていた。この世の中に、豆入りの煎餅と餅入りのパフェと紫色の芋のお菓子があると知って驚いた。おもちゃや便箋がこんなにかわいくできているとは夢にも思わなかった。どこに目が留まっても、面白い工夫と鮮やかな色と思いがけない発想に出会った。

なによりも、このおびただしい模様が描きこまれた色とりどりの陶器！　紅葉、桜、藤、竜、蛙、鷺、柿、兎。幼い頃は鮮やかな色が好きで、陽気な色のサンドレスやリボンやぬいぐるみが欲しくてたまらなかった。

しかし、ライダーに出会ってからはその趣味を控えていた。釉薬の色の微調整に何時間も使うライダーは微妙で控えめな色を好み、派手なものは嫌っていた。カティアが一度だけ、大学のイベントでもらった真っ赤なTシャツを着てスタジオに行くと、目が痛いとからかわれた。

だが、ここでは好きな色がみなちゃんと生きていて、カティアを歓迎してくれていた。しかも、子ども時代に出会った単純な色と違って、派手ではなく、大人も楽しめる色だった。

カティアは茶碗や箸置きや花瓶を手に取りながら、二時間もかけて清水寺まで上った。ライダーが作らせない花模様の茶碗をライダーの手で持って、じっと眺めた。

それから、入場券を買って清水寺の境内に入った。ここには線香の煙と木魚の音に支配される、また違う世界があった。

観光客の流れとともに歩き、京都の風景が足元に広がる高い舞台に出て、思いがけない絶景に息をのんだ。ミネソタ州の田舎には山や高いところは一つもなくて、シカゴで一度だけシアーズタワーに上った時以外、高みから下界を眺めたことはなかった。これまでの人生では、スタジオの五階がいちばん高かった。

長い間じっと紅葉に縁どられた古い都を見下ろしていたが、突然、隣に立っている若者がふざけて飛び降りる真似をしたのでびっくりした。彼の友達らしい若者は「バカ」と言って、笑いながら彼の肩を叩いた。

東京に帰ってから、この話をホストファミリーのお母さんに話したところ、面白いことを教えられた。「清水の舞台から飛び降りる」という言い回しがあって、思い切ってすごい決断をするという意味だと説明してくれた。

お母さんはそれから浮世絵の本を取り出し、ハルノブという絵師が昔描いた版画を見せてくれた。絵の中では、着物を着た若い女性が傘をさしながら空中を舞い降りていた。白黒の小さいイラストだったが、きれいな曲線と女性のかすかに笑う表情が印象に残った。舞台から飛び降りて死ぬかもしれないのに、楽しい所に行くと思っているようで不思議だった。なぜか共感を覚え、心の中で「自分も!」と叫んだ。

その絵をカメラで撮って、よく眺めていた。

帰国してから一年近く経った時、ようやく勇気を奮い立たせた。清水の舞台から飛び降りる気持ちで、もう一度器に花を描いた。

ライダーに見せると、真っ黒な怒りをぶつけられた。

「なんだ、これは」

「すみません、デーヴィッド。やっぱり絵付きの茶碗を作ってみたかったんです」

恐怖で体がバラバラになりそうになりながら、やっとの思いで言葉を絞り出していた。

「こういう作風はやめてもらったはずだぞ」

からかう口調を使っているが、言葉の裏には危険が潜んでいた。

「……それでも作りたくて」

「約束と違うということはわかっているな」

「……」

「自立するつもりなんだな。この花を描いたことで僕を超えたと思っているんだ。この程度の仕事になど、だれも眼を向けないぞ。若いからこんなことを思いつくんだ」

「花を描いただけです。作風はデーヴィッドのものです」

自分はどうして、一番大事な関係を壊そうとしているのだろうか。

素焼きの器に描いた一輪の花のために？

「まあ、何を作るかは君の勝手だ。でも、その茶碗は、大学の窯でもスタジオの窯でも焼かせない。どうしても焼きたいなら、他の窯を探せ」

「そんな！」

「カティア。今君がしようとしていることの重大さを、行動に移す前に、よ〜く考えたまえ。今からでも、考え直すには遅くない。僕も、何年も育てて大事にしている弟子を失いたくはない。僕の一番弟子だということを忘れたのかい」

ライダーの声は急に優しくなり、さっき言ったばかりの言葉が嘘みたいだった。ライダーが自分を一から育ててくれたことは事実だ。何も隠さずに技法を念入りに教えてくれた。スタジオでは厳しく力の限りを要求することで、技術をここまで高めてくれた。夜には体を腕の中に抱えて愛撫してくれた。

　自分の前に立っているのは同じライダーなのだが、今見せている束の間だけの優しさは幻でしかない。昨年に初めて感じた鉄の壁は、今は目の前にはっきり存在していて、絶対的なものになっている。たとえ自分独自の陶器を諦めて従順な弟子に戻ろうとしても、この関係はもう直しようがない。

「この器は、窯を見つけて焼きます。もう、師匠の応援は要りません。残りの学費は個展でもしてなんとか払います。もう、このスタジオには来ません」

　言っている言葉はどれも、自分自身に刺さる刃だった。

　それでも言わなければならない言葉だと、とっくにわかっていた。

　カティアが言い終わると、ライダーは石みたいに冷たくなっていて、微塵も感情を見せなかった。

「残念だな。君は弟子としても女としても、可能性に富んでいた。だから育てようと思った。今僕が手を離すと陶芸家としても女としても、ずっと未熟のままだろう。では、お別れだ」

　この残酷な言葉の連なりは、ハンマーとなってカティアの胸に当たり、肺から空気を押し出した。

　本当に、息をするための空気が見つからなくて、喘《あえ》いだ。

　ライダーは背中を見せてスタジオのドアに向かった。その間も、師の大きな体にすがりつきたくて仕方がなかったが、じっと見送った。

ライダーはドアの前でしばらく立ち止まると、

「勝手にしろ、この恩知らずのあばずれめ！」

と、突然激しい声で言った。

振り向きもせずに、部屋の壁を揺るがすほど強くドアを閉めた。


カティアは鴨川を渡った。二度目の京都は以前と同じく人でごった返していて、清水寺まで歩くのに時間がかかった。今は読める漢字も増えて前回みたいに迷いっぱなしではなかったが、それでも産寧坂を見つけるまでに一度道を間違えた。

空はまだ青いが、頭上の眩しい陽光はときどき、速く動く鉛色の雨雲に遮られた。産寧坂にかかった時、陽光がちょうど雲の後ろから現れ、店先の土産物に当たった。しかし、二年前の産寧坂とは印象が違う。物の種類が少なくなった気がする。美味しそうなお菓子は今も美味しそうに見えたが、最初の時ほどの感激は感じられなかった。

一番期待していて再会したかった陶器を一目見て、がっかりした。

あったはずの新鮮で素晴らしい色合いはどこを探してもなく、有馬でゴボウの小皿を手に取った時の感激も感じられなかった。

似た形の茶碗や皿に、ちょっとした模様が付いているだけではないか。

この陶器は、やはり土産物でしかないのか。

とても、とても、哀しい。

紅葉が描かれている白い茶碗をそっと手にとって、以前の気持ちを呼び起こそうとしたが、ライダーの手にのっていると普通の茶碗にありふれた模様が描かれているとしか思われなかった。

「あなたは素晴らしくない」

と、茶碗に話しかけた。「私も、素晴らしくない」

そう言うと、茶碗がかわいそうになってしまい、買ってやりたくなった。ポケットを探り、お金がどのぐらい残っているか調べた。これを買えば、昼ご飯はコンビニのサンドイッチだけになって、清水寺の境内に入るのをやめることになる。

お腹は空いているし、清水の舞台にも出てみたかった。目尻に熱い涙が滲んできた。ライダーには、どうしてこの茶碗から魔法を奪う力があるのだろうか。どうしてカティアの命から喜びを吸い取ることができるのだろうか。自分はどうして彼にそんなことを許すのだろうか。

この茶碗は絶対に買う。昼ご飯なしで、歩いて大阪に帰らなければならないとしてもだ。感激できなくなっても、この茶碗を大事に持って帰って、一生使ってやる。

茶碗を買ってリュックに入れ、期待していた発見がないまま途中まで坂道を登ったが、それ以上登る気力がなくなり、引き返した。

「自由」になったと思ったのは幻に過ぎなかった。

何も見ずに坂を下り、足元を眺めながら河原町に戻り、阪急に乗って家路についた。電車は混んでいて、立って帰らなければならないのは、大阪人なら「しんどい」というだろう。いい言葉だ。

帰る途中、リュックの内ポケットに千円札が一枚入れてあることを思い出して、行こうと思えば清水寺の舞台に行けたと気づいた。

「いいの」

たとえその舞台に出て京都を見下ろせたとしても、先の世界はもう閉ざされているはずだ。

18　バニラ好きな男

モノレールに乗り換えて万博記念公園駅で降りた。京都を丸一日味わうはずだったのに、駅についてみるとまだ午後一時半だった。

目的もなく「自由」もない長い午後がアパートで待っている。

駅を出て少し歩いたところに、ポスターが貼ってあった。「万博公園……秋……紅葉……」と書いてあり、真っ赤な紅葉の写真が付いていた。

京都で買った茶碗も紅葉だ。紅葉でも見に行こう。公園に入ってすぐの所で太陽の塔に向き合わなければならないのは気が重かったが、最後のお金で入場券を買って、公園に入った。

万博公園は広すぎて、人間が楽に歩き回れるスケールをはるかに超えている。平野を行進する兵隊のような気持ちになってうんざりする。

しかし、紅葉が見える所は正門からそれほど遠くないようで、疲れている今でも行けそうだ。

太陽の塔の脇を通ると、自分を見下ろしてニンマリと笑っているのを感じた。塔は尖った円錐形の手でカティアを突っついて倒したがっていた。無視して紅葉のある場所へ直行した。

紅葉の下を歩いていると、今朝から胸中にあったこんがらがった気持ちがほどけた。長い間眺めながら歩き回っていたのだが、京都で見た鉛色の雲はここへも届き始めて広場が陰り、切り上げる時が来たと感じた。

正門に向かって歩いている間、安らかな気持ちになっていた。「自由」などという難しいことは考えなくていい。晴れか曇りかは、アパートに帰って電気をつければどうでもよくなる。親子丼でも作って紅葉の茶碗で食べながらテレビを見るのが楽しみになってきた。

公園を出るには太陽の塔を回らなければならない。横から見ると塔は包丁で切られたターキーの首に見えて滑稽だった。いい眺めだ。

塔には挨拶せずに正門を出た。出たところに、数々の自動販売機が並んでいた。アイスクリームの自動販売機の前に足を止めた。

自動販売機の表面に九つの味のアイスクリームの写真があった。ミントと葡萄のアイスクリームの色は人工着色料をたっぷり入れたとわかるグリーンとパープルだった。ライダーならうんざりするだろうが、鮮やかで気に入った。

しばらく眺めて、お金があればどれにするか考えていると、背後から不気味な叫び声が聞こえてきた。三十メートル四方に立っている人々をゾッとさせるほど凄まじい声だった。その恐ろしい叫び声を聞いてすぐ頭に浮かんだのは、ちょうど背後の位置にある太陽の塔だった。塔に命が吹き込まれて、この世のものではない叫び声で歩き出したのではないかという錯覚を起こし、パニック状態で振り向いた。

しかし、太陽の塔はいつものように風雨で傷んだ顔に、わけのわからない腕を広げて空にそびえ立っていた。

恐ろしい叫び声の元はどこ？

広い歩道の真ん中に、吼え終えた口を開け放ったまま、燃えるような目でカティアを睨んでいるサイコパスがいた。

彼は濃い緑色のコーデュロイ・ジャケットにジーンズを穿いていて、手には古びた茶色いカバンと公園の案内図を持っていた。

時間が少しの間、止まった。胸が苦しくなって、息をしていないと気づき、空気を大きく吸い込んだ。

体は地震の最中のグラスのように小刻みに震えだしていた。

駅にいるべき男が、どういうわけで日曜の万博公園に来ているのだ。

防犯ブザーだ！

震える手でリュックを下ろして開けようとしたが、手を止めた。ブザーを鳴らす必要はない。

サイコパスの叫び声のおかげで、三十メートル四方の人間が全員こちらをじっと見ているからだ。

サイコパスはしばらくの間カティアを睨みつけていたが、いよいよ行動に移った。一直線に歩み寄ってきて、カティアのワイン色のタートルネックの襟首をつかまえようとしたが、手を空中にとめ、困ったようにギュッと口を結んだ。タートルネックの首元は、つかみにくいのだ。サイコパスは服をつかむのを飛ばして、首の両側に手を当てると、カティアを強く揺さぶった。

鋭い痛みが走り、首の脈が激しく打ち出した。

「電車に乗りなさい！」と言われるのを待った。すぐ近くには電車がないから、もうこれで終わりだ。頭は鉛が詰め込まれたように重たくなって、ぐらっと傾いた。一方、下腹部は風船みたいに空に浮き上がろうとしている。

男は首を揺さぶり続ける。電車が見当たらないので、なんと言えばいいかわからず狼狽しているようだ。

頭は重たく、首は轆轤で作る器みたいに柔らかい粘土でできているようだった。出来上がった器を針金で切り取るみたいな感覚で、自分の首も、サイコパスの爪に切断され、肩からぽとりと落ちる気がした。

周りにいる来場客は助けようともせず、カティアとサイコパスをじっと観察している。視界が暗くなり始めた時、サイコパスは突然、張り詰めた口調で命令した。

「アイスクリームを食べなさい！」

カティアは激しい眩暈の中からサイコパスの顔を見ようとした。

「……ん？」

「どうして食べないんだ！」

万博公園の来場客は興味津々で二人の姿を眺め、次の展開を待っていた。太陽の塔も、サイコパスの命令を強調するように、瞳のないコンクリートの目でカティアを見下ろし、どうしてアイスクリームを食べないのか不思議がっている。

カティアは入場券にお金を全部使ってしまったことを思い出した。

仕方なく、「お、かねが、ない」とつぶやいた。

驚いたことに、サイコパスはこれに耳を傾けた。首に食い入る爪を緩め、青白い顔で納得したようにうなずき、カティアの首を離した。カティアは倒れそうになって、大きくよろめいた。

サイコパスは事務的な手つきでジーンズのポケットを探ると、使い古した財布を取り出し、百円玉と五十円玉を差し出した。

逃げるべきなのに、頭は真っ白だった。自動的に手のひらを出して、硬貨を受け取った。

「今すぐ買うんだ」

「は、はい」

震える手で硬貨を投入口に押し込もうとした。投入口は細く、手の揺れは大きかった。

地面に落ちてしまった。

この手はぜんぜんだめ。ライダーの手で、塔の手だ。お金をスロットに入れるという簡単な仕事もできない。

サイコパスはいらだち、歩道に落ちた硬貨を拾った。そして、カティアを押しのけて自分で投入口に入れた。

「早く買うんだ！」

カティアはアイスクリームの絵を眺めた。強烈な色のアイスクリームの映像。バニラ。ミント。葡萄。抹茶。いちご。スワール。どれにすればいいだろう。男が気に入らない味を選んでしまえば、絞め殺されるだろう。カティアはうったえる目で男を振り向いた。

男はまじめくさった顔で、

「バニラだ！」

と命令した。

「はい」

カティアはバニラのボタンを押してしゃがみ込み、がくがくと震える手で紙に包まれたバニラのコーンを機械から取り出した。

「食べろ」

男は、一刻の猶予も与えずにカティアを睨みつけた。

「はい」

カティアはライダーの手で、塔の手と同じく役立たずの手で、紙を剝がそうとした。手は激しく震えているので、剝がすというより、引っかくような手つきだった。円錐形のバニラがようやく露出されたので、かじりついた。

「遅い！」

「は、はい」

四角い機械から出されたアイスクリームには、ほとんど何の味もなかった。おまけに、締め付けられた喉は塞がってしまっていて、アイスクリームは少ししか通らない。

カティアは少しずつバニラの塊をかじった。早く食べようとすれば吐くに決まっている。吐いたら、きっと殺される。バニラの嘔吐物のプールの中で息を引き取ったカティアを、交番の藤村巡査は怪訝な顔で見下ろし、どうしてサイコパスを満足させてやれなかったのだろうと思うに違いない。

カティアがアイスクリームを食べているのを見て、三十メートル四方の救助者候補たちはほっとためいきをつき、再び歩き回りはじめた。

コーンは爆弾の破片のように喉に突き刺さり、激しい痛みが走ったが、カティアはかろうじてアイスクリームを食べ終えることに成功した。

サイコパスはカティアがコーンの先端まで飲み込んだことを確かめてから、満足げにうなずいて、去っていった。

「な、なんなのよう」

カティアは自動販売機に寄りかかってぼうっと立ち尽くした。麻痺した体に、ゆっくりと感覚が戻ってくるのを待たなければならない。

雨で重たくなった雲が公園の上を通り、冷たい風が吹いた。カティアは突然、猛烈な吐き気に襲われた。慌ててゴミ箱に駆けより、溶けたアイスクリームの液体とコーンの破片を全部ゴミ箱の中に吐き戻した。

そこへ、ようやく騒ぎに気づいた門番がやってきて、

「大丈夫ですか」

と聞いた。

カティアは、

「大丈夫です」

と、期待されている答えをした。それから正門の下にある小さい部屋に連れていかれ、住所などを聞かれた。カティアは、門番がどうしてこの時間を使ってサイコパスを追って行かないのだろうかと疑問に思った。

門番の質問が終わるのを待って、「虫」と「池」があるモノレールの駅の交番にいる栗畑という男の人に連絡してほしいと伝えてから、逃げるように正門から外へ出た。

眩暈がずっと続いていて、アパートに帰るのに時間がかかった。部屋に入るとすぐに布団を引き出し、上に倒れこんだ。それから何もできずに三時間ぐらい、うとうとしては恐怖で目が覚めるのを繰り返していたが、ようやく空腹感に襲われ、起きてご飯を炊いた。

ご飯を紅葉の茶碗に入れようと思ってリュックを開けると、サイコパスに襲われてアスファ

ルトに落ちた時に茶碗が割れてしまったことに気づき、三歳児みたいにわあっと泣き出してしまった。

19　生徒の不興を買う

定例会議が始まり、カティアはグラフやチャートが印刷されている書類を渡された。会議の議題に、鈴蘭女子学院の予算について話すと書いてあったので、読もうとしたが、漢字や数字だらけで全くわからなかった。他の教員は話を熱心に聞いて紙に走り書きをしていた。でも、カティアは書類を見ているだけで、瞼《まぶた》に錘《おもり》が付いた人形のように目が閉じてしまう。

会議は永遠に続きそうで、睡魔と戦い続けた。

斜め向かいにいる浮谷を見ると、彼も紙の余白にメモを書いていたが、紙が汗で濡れていた。紙の横にハンカチが置いてあって、一分に一、二回手を拭いているが、それでも紙の縁はグシャグシャだ。運動会で代筆を頼まれた時、暑いので汗をかいているのだろうと思っていたが、寒くても汗をかくのなら病気なのかもしれない。手で苦労している仲間がかわいそうで、胸が痛んだ。

浮谷のことをちょっぴり好きなのかもしれない。

……好き？

カティアは一気に目が覚めた。

危なかった。人を好きだと思ってはならないのを、どうして忘れてしまったのだろう。封印していた何かを思い出しかけて、必死に脳の底に押し戻したところで、幸長に肩をポンと叩かれた。会議では今、外国人英語教師を雇う出費について話しているらしい。右側から強い視線を感じ、向田主任に手袋をジロジロ見られていることに気づいた。

日曜日にサイコパスに襲われてからは、毎日タートルネックで首を隠し、アパートを出ても手袋を嵌めている。手を隠さなければアパートを出られなくなったからだ。

手袋は以前に百円ショップで見つけた肌色の薄い物だ。初めてそれを嵌めて出勤した日、向田主任に理由を聞かれたが、アトピーがひどくなったと嘘をついた。主任が言下にだめですと言ったので、チョークや黒板に触れると炎症を起こしてしまうと訴えると、明日保健室で見てもらいなさいと言われた。

その晩、湿疹が出ているように見せるために、大根おろし器を買って、歯を食いしばりながら指や手の甲を痛めつけた。保健の先生は騙されてアトピーだと認め、治るまで塗り薬を使って手袋を嵌めた方がいいと診断してくれた。それを主任に報告すると主任はイライラし、それ以来ずっと機嫌が良くなかった。

会議は八時に終わった。外に出ると下に広がる彩都は静かで暗かった。前回と同じく、バス停に向かう同僚が一人いたので、一緒に歩いた。

バスの中で、サイコパスのことを考えた。

サイコパスに体を揺さぶられたり、アイスクリームを食べさせられたりしている間は分析する余裕はなかったが、今思い出すとずいぶん風変わりなサイコパスだ。カティアが電車に乗ったり、アイスクリームを食べたりするのを見届けるだけで満足しているみたいだ。それに、窒息させられていた時のサイコパスの顔もおかしかった。普通のサイコパスの顔（サイコパスに普通があるとすればだが）とは違うような気がする。彼の目に喜びはなく、従順に言われたことをしてくれない者に対しての苛立ちがあるようだった。

カティアは一つ目のバスを降りて次のバスに乗り換えた。

自分の知っているサイコパスは、皆アメリカ人だ。被害者の首を冷蔵庫で保存したテッド・バンディや、人肉を食ったり、人の皮をランプシェードにしたりしたエド・ゲインなどがいる。彼らは被害者たちを虐殺している間、アイスクリームを買わせるために硬貨を与えたり、被害者のブラウスから胸が見えるのを恐れたり、怯えるように繊細な指を震わせていたりしたのだろうか。そうとはとても思えない。

礼儀正しい日本生まれのサイコパスだから、被害者に硬貨を与える思いやりがあるのだろうか。あるいは、ガイコクジンは特別扱いなのだろうか。

カティアは最後のバスに乗り換えた。

彼はサイコパスではないかもしれない。一般人とは違う雰囲気と変な行動の原因は？　軽い精神障害？　自閉症？　幼い時の虐待や厳しい躾《しつけ》のせいで精神を病んでいる？　そのどれもが、少しずつある？

通勤時間帯でもビジネススーツも着ないで、大学生にも見えない彼は、どこに行くためにモノレールに乗っているのだろうか。図書館？　パチンコ？　ボランティアをしている動物保護施設？　ＢＤＳＭのコンベンション？　電車博物館？　サーティワン？

バスを降りて、暗い道を歩いた。アパートに近づくと丘の上から太陽の塔の照明がかすかに見えた。

疲れているのに、太陽の塔だ。

雨滴から逃れるように顔を右下へ向け、塔の顔が脳裏に浮かばないように家々の外壁の表札を読んでいた。


次の週の月曜日に、Ａ組で大きな失敗をした。宮田菜穂という人気者の生徒の不興を買ったのだ。

宮田はバレーボール部のスター選手だ。岸部の支配下で従順に講義を受けている生徒が多い中、宮田はいつも唇を歪めながら意味ありげな視線でカティアを眺め、隣の仲間とヒソヒソ話をしていた。

幸長に聞いたところ、宮田と岸部はライバルだと説明された。宮田は学級で顔が利く生徒で、逆らっては危ないヤクザみたいな子だそうだ。それを聞いてから、カティアはびくびくし、クラスの中心にある不機嫌な顔を直視することができなくなった。

だからその日、宮田が教壇の前に現れた時は、ドキリとした。

近くで見ると、宮田の瞳は鷲の目みたいに真っ黒で鋭く、カティアは猛禽類に狙われたネズミみたいに縮み上がった。

「先生、この点数は間違いでしょう?」

宮田はぶっきらぼうに言った。

「間違い?」

慌てて点数を再計算したが、十点満点中の五点で間違いない。

「いいえ、合ってますよ」

威厳を込めて言おうとしたが、声は上ずっていた。

「でも先生、七番はこの動詞で合っていると思います。他のも間違いじゃないでしょ?」

確かに、宮田が書き込んだ動詞でも意味は合っている。だが、今勉強している難しい動詞ではなく、中学生のころに覚えた簡単な動詞を使ったのだ。カティアは小テストの前日に、今勉強している動詞だけで答えるように指示をしたはずだ。

カティアは宮田を見据えて、どうしてダメなのかを説明した。

しかし、途中から気づいた。宮田は指示を忘れたのではなく、カティアに挑戦しているのだ。宮田が言いたいのは、点数をあげなければ後悔するぞ、ということだ。

ヤクザのようなこの生徒に屈服してはだめだ。でも、点数をあげなければ反乱が始まるかもしれない。

鷲の目で見つめられて何も考えられなくなり、結局、二点だけ点数をあげるという中途半端な判断をした。

宮田は眉を大げさに吊り上げた。

「正解はこの二点だけなんですか。他の三点がなぜ間違っているのかわからないんですけど」

カティアは心の中で唸った。適当に決めたことだから、説明できない。

宮田が不満顔で席に戻る途中、カティアは全生徒に凝視された。普段は自信満々に見える岸部は緊張した顔で宮田を盗み見ていた。

頼みの綱である広瀬に視線を動かした。案の定、広瀬は同級生のことは気にかけず、カティアに微笑みかけていた。

翌日授業に行くと、教室の様子が変わっていた。それまではまっすぐに座って講義に耳を傾けていた生徒はさまざまな方向に向いていて、隣の人とひそひそ話をしたり、かわいい便箋に手紙を書いたりしていた。

二週間前の教室に戻ってしまったようだ。

クラスの中心で、宮田は腕組みをしてカティアをじっと見ていた。

カティアは岸部の方を見た。岸部はうんざりした様子で天井を眺めていた。助けるつもりは毛頭ないという態度だ。

なので、岸部の助けなしで講義を始めるしかなくて、チョークを持ち上げて黒板に箇条書きを始めた。

文字の列はすぐに黒板の右下へ傾いた。

「先生、スペル、間違っていると思います」

声を上げたのは、クラスで一番成績が上の小野寺恵奈だった。書いた文字を慌てて見ると、「a lot」と書くべきところを「alot」と書いてしまっていた。自分の田舎ではありふれた書き方なのだが、大学では何度か直されたことがある。

間違いを直して講義を続けた。しかし、生徒に当てても驚いた様子で顔を上げるだけで、答えない。優等生に当てればちゃんと答えたが、いい加減な講義にイライラしているのがはっきりと顔にあらわれていた。

生徒に当てるのをやめようかと思った。が、今諦めれば今日を最後にだれも振り向いてくれなくなるだろう。

身を固くして立っていると、突然、右端の席で、広瀬が意を決したように手を高く上げた。

嬉しさと安心が体中に広がりかけたが、慌ててかき消した。質問は「『A lot（たくさん）』と『much（たくさん）』の使い方の違いは何ですか」だった。可算名詞の場合と不可算名詞の場合にどれを選べばいいかについての質問だった。カティアも説明するために文法の本を丁寧に読んでノートまで取った。英単語を少ししか覚えていない広瀬は絶対に答えられないし、手を挙げただけですでに宮田の怒りを買っただろう。これではA組ののけ者になりかねない。

しかし、とチョークを空中に止めたまま悩んだ。当てなければ、せっかくの善意を無視することになり、広瀬を傷つけるはずだ。

「Miss Hirose, what is the answer?」

数秒悩んだ挙句、広瀬に聞いた。

「『a lot』 is 『very many』」

「Very good !」

質問の答えにはなっていないが、一応正しかったからほっとした。

20　水盃

授業が終わるとすぐ、相談があるので一緒に食堂でコーヒーを飲まないかと幸長を誘って、学期の始まりからクラスで起こっていることを全部明かした。

「幸長先生なら、どうしますか。どうすれば岸部をまた味方にできますか」

セラピストに相談する気持ちで投げかけた。

「岸部を味方にする？」

幸長は小首をかしげた。「味方にする必要はないんじゃない？　岸部が出欠をとって助けてくれたと言っているけど、そうしてもらっても何もプラスになっていないじゃない？　カティア先生の存在が薄くなっただけで、派閥ができてしまったでしょ？」

カティアはしばらく考えてから、おもむろに頷いた。

「ことは権力争いにまで発展してしまったから、大変だと思うけど、権限を取り戻さなければ。そのためには、宮田も岸部も克服しなくちゃ」

「無理」

半分涙声になって答えた。「そんなこと、できない」

「できないはずはない」

幸長はコーヒーを啜った。その余裕が羨ましかった。

「カティア先生は自分のことを弱いと思っているようだけど、本当は強いわよ。一人で日本に来て、一人で暮らして、日本語で生活しているじゃない。それに、何の研修も受けずに難しい仕事をしているじゃない？」

お世辞に聞こえたが、ほんのりと心が温かくなった。突然、ライダーとサイコパスと太陽の塔のことも含めて、すべてを幸長に明かしたくなった。大学四年生の春に、勇気をもって素焼きの器に一輪の花を描いたことも。そんな話をだれかに語ることができればどんなにいいか。

でも、もちろん無理だ。

「どうすれば権限を取り戻すことができますか」

「簡単ですよ」

幸長は楽しい話でもしているかのようにニコッと笑った。

「今日していたことを毎日繰り返すだけでいい」

「今日したこと？　今日は大失敗でした」

「いいえ、最高だったのよ。岸部に頼ろうとせずに授業を続けたでしょ？　これからも、自信を持って授業するだけでいい」

「無理無理」

パニックになるのをギリギリで抑えているだけの自分が、自信を持ってクラスの前に立つ？

「無理なんかじゃない。勇気がいるだけ。勇気は、持ち合わせているはずよ」

幸長にじっと見られて、反射的に手を隠した。

「やってみます」

しばらく考えてから答えた。

気持ちはまだ中途半端だが、さっき広瀬が手をあげたことを思い出し、自分も勇気を出さなくてはと思った。


翌日、二年A組の授業の直前に、ドイツ語の授業の準備をしている幸長が手招いた。

「これから行くんでしょ？」

「ええ……頑張ります」

掠れた声しか出なかった。

「もっと気合を入れなくちゃ」

鈍い足を引きずって教室へ行くだけで精一杯なのに、『キアイを入れる』という知らない日本語の意味を聞く気力はなかった。

「仕方がないわね。これを使いましょうか」

幸長がカバンの中を引っ掻き回すのをカティアは眺めていた。牛追い棒でも取り出すのだろうか。

カバンから出てきたのは、紙に包まれた湯飲み茶碗だった。こんな深緑の釉薬を大学のスタジオで作ったことがある。きっと織部焼だろう。ライダーはこの色を「木漏れ日色」と言って、好んで使っていた。

「この色は大好きだ。深みと複雑さがある。ミネソタの針葉樹から漏れる昼の陽ざしを思わせる。カティアも、子どものころにこんな光の中を歩いたことがあるだろう?」

カティアは眉をひそめた。自分の頰はエルビウム・ピンクで、故郷の森は木漏れ日色。どうして世界中のあらゆる色に、ライダーの解説が付いてこなければならないのだろうか。

幸長は机にあったペットボトルを開け、茶碗に水を注いだ。

茶碗の深緑に集中して、新しい色として見ようと試みた。ホストファミリーが連れて行ってくれた、日本の山奥にある古いお寺が頭に浮かんだ。長い長い参道の脇にまっすぐ聳える杉の並木があった。深緑の針に覆われた大木は、どれもお堂の柱みたいに太かった。偉大な大木にとって、人間は雲の流れが速い日に、束の間岩に射して消えた影に過ぎないだろう。この茶碗の色は、その大木の針の色なのだ。

「さあ、水盃を交わしましょう」

「水、サカズキ？」

「そう。昔の侍はね、戦《いくさ》の前に盃で水を飲んだの。死んで、もう二度と会うことはないだろう、それほどの覚悟で水盃を交わしたのよ」

カティアがこれから死ぬかもしれないと暗示しながら、幸長はニッコリと笑った。

「A組の教室で死ぬのはいやです」

「でしょ？　だから戦の前にはすごい覚悟が要るの」

そう言われると、「あの古寺の大杉の色」の茶碗は、勇気が出るような神器に見えた。

少し馬鹿げた気持ちで、でも半分真剣に、茶碗を手に取って、半分ぐらい飲んでから幸長に返した。幸長も飲むだろうと思ったら、机に置いてしまった。

「え、幸長先生は飲まないんですか？」

「うん」

と幸長はいたずらっぽく笑った。「私は授業がうまくいっているから飲む必要はないの。でも、この盃はとっておくわ。来週も要るかもしれないから」

幸長に元気づけられて少し付いた自信は、教室に近づくうちに、崩れていく海辺の砂みたいに減っていった。

教室の様子はおかしかった。授業をする場所というより、思い思いにいろいろなことをやっている娯楽室みたいだった。生徒を前に向かせること、静かにさせること、こちらの言うことを聞かせることは、難しそうだった。

右の角に目を向け、広瀬を探した。広瀬だけは椅子にシャンと座って前を向き、講義が始まるのを待っていた。カティアはすぐに目をそらした。これ以上目立たせてはいけない。

震える声で岸部を制して、自分で出欠を取り始めた。岸辺も生徒も驚いた様子だった。

苗字を一々呼んで、答えを待った。返事がなければ、もっと大きい声で呼んだ。自分に気づいていないふりをしていた生徒は、二、三度苗字を呼ばれるとしぶしぶ返事をして、大儀そうに前を向いた。

授業は下手だったが、杉色の盃を思い浮かべ、最初から最後まで一人でがんばった。

終わってから教員室へ急いだ。すぐにでも幸長に報告したかったが、幸長はいなかった。

机に座ると、「クリステンセン先生へ」と英文字で書いた重い紙袋が置かれていた。首をかしげながら手に取ると、縁が濡れていることに気づいて、久しぶりに口元を緩めた。開けてみると、走り書きのノートと『ゲーデル，エッシャー，バッハ』という一冊の本が入っていた。

「クリステンセン先生。先日、エッシャーの絵が好きだとおっしゃっていましたね。この本をご存じですか。クリステンセン先生が好きな美術と、数学と音楽の理念について書かれています。面白いと思いましたので、差し上げます。古い本で申し訳ありません。興味がなければ処分してください。浮谷」

カティアは本を手に取って、ページをめくった。浮谷の特徴である汗のせいでページの端がほんの少し柔らかくなっていて、余白に几帳面な字でメモがびっしりと書きこまれていた。

数日前に少しだけ浮谷と廊下でおしゃべりをした時に、なぜかエッシャーのことを話したのだ。すごく好きだというわけではなく、数学者にとって面白いアーティストだろうと思ったからだった。

じっと本を見つめているうちに、一滴の涙が開かれたページの上に落ちた。なんて思いやりのある素敵な数学者なのだろう。難しそうな本なのに、理解できるだろうと思ってくれたのも嬉しかった。

21　讃美歌コンクール

その夜、翔子から電話があった。

「カティア、太陽の塔のことだけど、行きたいでしょ？」

「え？」

いきなり塔のことを言われてドキリとした。有馬で話した時には、「行きたくない」と答えたはずなのに……と思いかけて、そうじゃないと思い出した。行きたくなかったのに、翔子には「おもしろいかもしれない」と答えていたのだ。

わけは簡単だ。カティアは人にノーというのが何よりも難しくて怖い。ノーという言葉は人を失望させる。言われた人は怒り、最後には壁が震えるほどの勢いでドアを閉めて去っていってしまう。

翔子にそうされてはたまらない。それで有馬では本当の気持ちを抑え、塔に忍び込むのはおもしろいかもしれないと答えたのだ。翔子は能天気だから、酔いが醒めた時にはもう忘れていて、次のアイディアに夢中になっているだろうと思っていた。そして、次の日起きてみると、ドレスの生地を買いに三宮の洒落た店に行こうという話になっていたから、やっぱりと思ってほっとしていたのだ。

ところが、翔子は忘れていないどころか、知らない間に塔に忍びこむことになってしまっているらしい。翔子は叔父に電話し、塔の鍵を手に入れられる友達に連絡させたようだ。二人の女性を夜公園に入れ、立ち入り禁止のはずの塔に侵入させることなんて絶対にしてはいけないはずなのに、叔父の友達は無責任にも承諾してしまったようだ。

「塔の中へは彼が案内してくれるの。危ないから言われたとおりに動かないとだめよ」

翔子は無謀なことを律儀な口調で告げた。

カティアは叫びたくなった。塔のコンクリートの手できつく抱かれ、肺の空気がキーという音と一緒に口から出ていくようだった。塔の醜い顔は鼻の先にあって、死の匂いがした。

翔子の話に相槌を打ちながらも、「Really!?」と頭の中で叫んだ。立ち入り禁止なのに、こんなことが実現する確率は何パーセントある⁉

しかし、考えてみると、そんなに珍しいことではないのかもしれない。自国の文化を誇りに思う日本人は、興味を示した外国人のためにかなり無理なことでもしてくれる。留学生時代のことだが、カティアが日本のマンホールの蓋に模様が付いていて面白いと言った時には、ホストのお母さんは徹底的に調べ、名古屋に下水道ミュージムがあると知ると、日本中の蓋が載っている図鑑をそこから取り寄せてくれた。京王線で見たポスターが面白いと言った時にも、京王線の広告部に電話で頼み込み、ガイコクジンが欲しがっているからと説明して取り寄せてくれた。

今度は、翔子と叔父とその友達も、ガイコクジンだから無理をして太陽の塔の中を体験させようとしてくれている。この優しい心遣いを断るのは難しい。無許可の立ち入りは違法だろうからやめた方がいいと言うのは、叔父の友達が犯罪者だと言っているようなものだ。塔の尖った手を見るのは大学教授兼恋人の手を連想して恐ろしいと説明しても、クレージーだと思われるだろう。

翔子の声を聞きながらいろいろな断り方を考えたあげく、塔の前でサイコパスに襲われたことを告白し、だからもう公園に行きたくないと言うことに決めた。翔子は心配するだろうし、三度も襲われたことは知らせたくないのだが、塔の中へ連れて行かれるよりはずっとましだ。

しかし、叔父の友達がどれだけ綿密に計画を立てているかと翔子が説明しているうちに、すっかりタイミングを失い、気づいた時には、「はい、楽しみです」と言ってしまっていた。

「よかったあ。一般人にはできない、私たちだけの特別なツアーよ。忍び込みには十二月末がいいって叔父の友達が言っているの。人は年末の仕事で忙しいし、花も少ないから、公園はがらがらだろうって。だから、十二月二十九日金曜日に決まったの。カレンダーに書き込んでおいてね！」

　あと三週間で自分の世界が終わると思って、カティアは「いいですね」と答えた。

　広瀬のことも気がかりだった。「『a lot』は『very many』です」と答えてくれて以来、カティアをますます慕っているようだった。授業の間カティアをじっと見ていて、小テストの時、答えがわからない問題には薔薇やハートマークを書いていた。味方になってくれているのは嬉しかったが、これでは度を越している。

　幸長に聞いたところ、広瀬の家庭はますます不安定な状態とのことだった。カティアは彼女の気持ちが痛いほどわかったが、だからこそ不安になった。人を好きになると、その人は自分の魂を食いちぎり、人生をドン底に陥れるのだ。自分もそういう人になるかもしれないと思うと、背筋が寒くなった。その可能性があるからこそ、大学の四年間、一回も同級生と友達になったり、デートをしたりしなかった。

　ある日教員室に戻ると、机の上に薔薇がいっぱい描かれているカードが置かれていた。開けてみると、やはり広瀬からだった。長い時間をかけて描いた花束の中心にちびカティアがいて、「先生のこと、大好き!!」と書いてあった。

　心臓が激しく鼓動し、体は紙人形みたいにぺらぺらになった。フワッと床に落ちそうになり、机の縁につかまった。

　好きといえば、あのセリフ……。

「僕が好き？　君はそんなナイーブなファンタジーを抱いているのかい？」

思い出すな！　これだけは絶対に思い出すな！

椅子にへたり込み、何も思い出さないように脳の歯車を止めた。

浮谷が机に近づいて来て、

「クリステンセン先生、お疲れさまです」

と言ったのはなんとも運が悪かった。

ノロノロと向きを変え、

「お疲れさまです」

とどうにか言えた。

浮谷は少し照れていて、カティアの動揺に気づかないようだった。教員室を見回し、だれもいないことを確認してから、何か重要なことを言うために胸に空気を吸い込んだ。

「あのう」

浮谷は照れ笑いを浮かべながら言った。「ちょっと思ったんですけれど、今日は金曜なので仕事の後、カフェにコーヒーでも飲みに行きませんか」

カティアは思い出してはならないことをかき消すのに忙しくて、浮谷の言葉はほとんど聞こえていなかった。

カティアがなんの反応も示さずにいるのを見て、彼は慌てて付け加えた。

「さしあげた、ほ、本のことで……もしお読みになったのなら、感想をお聞きしたいと思って

「……」

浮谷にとっては大事な中身のようだが、カティアが黙ったままでいると、ますます困惑し、額には汗が浮いた。そこで何かが変だと気づき始めたようだが、誘いをもう一度繰り返した。

「いかがでしょうか」

「行けません」

何も考えずに即答した。

とにかく一人にしてもらいたかった。

「そうですか。どうも、失礼いたしました。どうか、忘れてください」

浮谷はそう言って、教員室を出ていった。

しばらく経ってからカティアはさっきの会話の意味を理解して、自分の心ない言葉に啞然《あぜん》とした。

浮谷と並んでカフェに入り、コーヒーを飲みながら本について面白く語り合うのはきっと楽しいだろう。でも、そういう自分は想像できなかった。


どうにか次の授業を済ませたが、「大好き」という言葉が頭を離れなかった。どうすれば広瀬を傷つけずに薔薇の絵をやめさせることができるだろうか。教員室に戻ると、幸長が机でお茶を飲んでいるのが目に入り、すがりつく思いで相談しに行った。

「カティア先生、お疲れさまです。授業、あれからうまく行っていますか」

「そのことだけど……」

広瀬のことを話すと、幸長は引き出しから「メルティーキッス」の箱を取り出して、チョコを二個くれた。メルティーキッスはコンビニのチョコの中で一番女子学生に好まれているチョコだと最近知った。先月、一度ゲームの賞品に出したのだ。そうすると生徒は大げさに驚き、カティアがお金持ちだ、私たちの好意をチョコレートで買おうとしているんだとかひそひそとしゃべっていた。

前者は間違っていて、後者は当たっていた。

その後、生徒にお菓子をあげてはいけませんと向田主任に言われ、チョコを取り上げられてしまったのだ。

「こういう問題にはメルティーキッスが一番効き目があるのよ」と幸長は目尻でいたずらっぽく笑って言った。

「私、どうすればいいですか。すぐにやめさせなければならない。だけど、傷つけたくない」

幸長もメルティーキッスを口に入れて、舌で溶かしながら考え込んだ。

「なにもしなくていいんじゃない？　この年頃の女子はね、かっこいい女性教師に惚れたりするんですよ。でも、それは束の間のことで、放っておけば関心が次のことに移ります。この年頃って、目覚ましい速さで変わっていくからね」

「でも、もしも、好きだとずっと言い続けたら？　私、怖いんです」

「怖い？　どうして？」

幸長は首をかしげてカティアを見つめていた。

「いや、なんでもないです」

慌てて言って、後退りしながら付け加えた。「あの、わかりました。放っておくことにします」

混乱した顔の幸長を残し、回れ右をして自分の机に戻った。

冬休みに入る前の最後の日に、「讃美歌コンクール」があると主任から知らされていた。各組の生徒が好きな讃美歌をアレンジしてチャペルで歌うコンクールで、生徒たちは練習に取り組んでいた。

コンクールの審査員は教師たち五人で、カティアも選ばれた。

その日の午後、B組の教室に向かう途中、A組が讃美歌コンクールの練習をしているのが聞こえて、ドアの窓から覗いてみた。

どの組にも生徒に選ばれた指揮者がいるようで、A組はきっと岸部か宮田だろうと思っていたが、前に立っていて指揮をしているのはなんと広瀬結衣だった。いつもと違って、自信満々の手付きでタクトを振っていて、同級生は集中して彼女を見ていた。ドアが閉まっていて聞こえなかったが、口の動きからすると真面目に歌っているようだった。

B組の授業が終わって教員室に戻った時、なぜ広瀬が指揮者に選ばれたのかと幸長に聞いた。

幸長によると、広瀬は成績は良くないが、音楽だけは才能があって、家の事情を考えると難しいだろうが、音楽大学を目指しているそうだ。中一の時に鈴蘭女子学院に入ってからは、学校のピアノを使って練習しているようだ。讃美歌コンクールの指揮者に選ばれたのは、同級生が広瀬の才能を評価していることもあるが、家庭の問題から気を逸らせようと思った担任の先生が、岸部に働きかけたこともあるらしい。

カティアはそれを知って嬉しくなった。広瀬のために良かったと思ったが、これでコンクールの稽古で忙しくなり、花の絵をくれることはなくなるだろうとも期待した。

コンクールまでの三日間は無事に過ぎた。一方で、塔に忍び込む日も近づいていた。考えると、重く湿ったコンクリートの手に抱かれることを想像してしまって、吐き気がした。

期待したとおり、広瀬は讃美歌コンクールの準備で忙しくなっているようで、小テストに薔薇やハートの絵を描かなくなった。

コンクールの当日になった。その日の授業はホームルームだけで、校舎にはコンクールの練習をしている声が響いた。審査員はチャペルの舞台の近くのパイプ椅子に座ることになっていて、カティアと浮谷は隣り合わせになった。

「先週は、不躾なことを言って大変失礼いたしました」

彼は真剣な顔で詫びた。「どうか許してください」

カティアは「ブシツケなこと」の意味が何なのかわからなかったが、悪いことで、浮谷がしていなかったことだろう。

「大丈夫です」

自分こそ謝るべきだ。いい言葉を思いつけなかったので、精一杯優しい笑顔を浮谷に向けることで気持ちを伝えようとした。

コンクールが始まるまで少し時間があり、浮谷と話していたが、コンクールが始まる気配がないうちに話題がなくなってしまった。

プログラムに目を落とした。広瀬が輝いている姿を見るのが楽しみで、知っている讃美歌だといいなと期待していた。

が、指がタイトルを差すと同時に、心臓が冷たくなった。

どうして、どうして、A組が歌う讃美歌のタイトルが、「主よ、手を取り給え」なのだ。

唇を噛んだ。「手」という言葉が登場する歌を聞くとムカムカするのは昔からのことなのだ。高校の時、しばらくコーラス部に入っていたのだが、コンサートの時の選曲にビートルズの「I want to hold your hand」(邦題「抱きしめたい」)が選ばれ、練習を始める時から演奏が終わるまで吐き気を我慢することになった。思春期で情緒不安定な時期だったせいもあるのだろうが、その後も歌のイントロを聞くだけでその場から逃げ出してしまった。

どうしようと悩んでいるうちに、チャペルの照明が暗くなり、コンクールが始まった。

A組が登場する時刻が少しずつ近づいてきた。他の審査員は与えられた紙に感想や数字を書き込んでいたのに、自分の手は少しも動かなかった。コンクールが終わるまでこの状態を保てれば、A組の演奏を何事もなく聞き流すことができるかもしれない。それを切実に祈った。

浮谷は、カティアが紙に何も記入していないのが心配になったようで、耳元で何かささやいたが、カティアは応じなかった。審査はもう、どうでもいい。どうせ外国人だから、ほかの審査員が決めるだろう。ただの飾り物が、どうしてわざわざペンを取って点数を付けなければならないのか。

Ａ組が立ち上がって演奏を始めた時には、堪《こら》えていた感情が一気に飛び出しそうになった。舞台の上で、広瀬結衣が観衆に向かってお辞儀をした。制服ではなく、紅のベルベットのドレスを着ていて、アップにした黒髪に紅のリボンとヤドリギの飾りが付いていた。

広瀬がバトンを振り下ろし、Ａ組の全員が感情を込めて「プレシャス・ロード・テイク・マイ・ハンド」と歌い始めるとすぐに、口の奥に胆液がにじみ始めた。

広瀬の晴れの舞台だから絶対に邪魔したくないが……万が一のときのために、どこを通って逃げ出すかを考えた。

「大丈夫ですか」

浮谷が心配して問いかけた声が、ブラックホールの底から届くみたいに遅く、長く、遠く聞こえる。歌が終わって退場したら、言い訳しよう。でも、今は無視するしかない。

少女たちは目を輝かせて、ライダーに手を取ってほしいと歌っている。声を揃えて、カティアが一番隠したい恥ずかしい出来事を、喉を震わせて広い世界に知らせているのだ。

主よ　わが手を取りて
ふるさとへ　導きたまえ

故郷へ……小学六年生のあの夏へ……。

22 主よ、わが手を取りて

あの日、赤い納屋の中の陶芸教室にいた。

他の生徒が帰った後で、ライダーと一緒に。

「君はね。将来性があるよ。もしその気なら、弟子にしてもいいと思っている」

「……どういうことですか」

「この手を、君に伝承しようと思うんだ」

「……手？」

先生の手を不思議そうに眺めていた。

「僕の技術を惜しまずに君に教えて、君の手をこの手と変わらない素晴らしい道具にするのだ」

なぜか頬が赤くなった。でも、弟子になりたいと思った。

「僕の手を、今すぐ伝承してもいいよ。今から始めたい？」

「はい」

でも、本当は、伝承とか手が道具になるとか、よくわからなかった。家に帰ってゆっくり考える余裕が欲しかった。

ライダーは立ち上がった。

「よし！　蹴り轆轤に座って……」

教室には電動轆轤が二台あって、蹴り轆轤が一台あった。蹴り轆轤はライダーが使う物で、だれも触れなかった。

カティアは緊張した姿勢でスツールに座った。蹴り轆轤は足で回すようで、難しそうだった。

ライダーはプラスティックの袋に入った粘土の塊を抉《えぐ》り出して丸くし、轆轤の台に落としてから、椅子を引きずってきてカティアの後ろに座った。

「自信を持って、力強く蹴るんだよ。ほらこうやって」

ライダーの足が後ろから現れ、轆轤を蹴って回した。

彼の足が自分のジーンズに触れた。

逃げたいと思った。でも、あまりに子どもっぽいのでじっとしていた。

舞台の上で広瀬はタクトを振っている。目がこう輝いていると、別人みたいに迫力がある。

A組もいつもとちがう。いつもなら吉本なんかのバカな冗談を言い合ってふざけているくせに、天使に化けて純粋な音声で難しいハーモニーを歌っている。

「クリステンセン先生、あのう、大丈夫ですか」

浮谷は耳元に小声でささやいた。

導き主よ　近くましませ
わが光　消えゆくときは……
手を取りて　支えたまえ

「石みたいに堅いじゃないか。肩の力を抜いて」

ライダーはカティアの両肩をつかんで、二、三度揉んでほぐした。彼の大きい手から湧き出る強さを、粘土を形にする情熱を、今は皮膚に直に感じた。

「さあ、自分で蹴って。蹴れなければ、技法を教えることができないよ」

自分の体がライダーの体と轆轤の狭間に閉じ込められている。体を前に出してライダーの体との間に距離を置きたいけれど、轆轤が膝元にあってはできない。

家に帰りたいと思った。時間を今朝まで巻き戻したい。今朝は快晴で、父が作ったバードハウスの上にミソサザイがとまっていた。

舞台の上で、髪をきちんと束ねた女子高生は「手を取りて」と歌っていた。忌まわしい言葉なのに、聖なる言葉だと思い込んで、美しいハーモニーで歌っている。

観衆はやはりその言葉を聖なる言葉として嬉しく受け取っている。

川岸に　我は立つ
手を取りて　歩みを守り
導き主よ　わが手を取りて……

「僕のことが好きだって？」

そう。あの日より三日前に、「好きです」と頰を赤らめながら、背が高くてかっこいい陶芸家に告白してしまったのだ。

ライダーは自分のヒーローだ。いつも優しくしてくれる大好きな先生だ。父に逃げられて困った自分と母を応援し、お金がなくても今年も陶芸教室に通えるように援助してくれたのだ。

だから、好きだと告白したのだが、当惑した顔で見つめられた。

ライダーは唇を首筋に近づけて軽くキスをした。

何回か、キスをした。

鳥肌が立って体を固くした。キスしてくれるのをほんのさっきまで夢見ていたのに、こうやって実現すると、とてもいやだった。

「光栄だよ、カティア。でも、今君が感じているのはパッピーラブ、初恋、に過ぎない」

「……」

「君の恋は娘らしいファンタジーだ。ナイーブで、美しい。でも、まだ子どもではないか？」

「クリステンセン先生、顔色がよくないです。あのう、少しお休みになったほうがよろしいのでは……。よろしければ、僕が外へお連れしましょうか」

喉が痙攣《けいれん》し始め、カティアは慌てて立ち上がった。舞台のすぐ前に座っているせいで、自分の黒い輪郭は合唱中のA組と重なって大勢の注目を集めたが、それを気にする余裕はなく、口を覆いながら走り出していた。

広瀬があんなに上手に導いている美しい声が動揺して小さくなり、観客が少しの間ざわめいた。しかし、歌声はすぐに勢いを取り戻し、チャペルいっぱいに響いた。

主よ　わが手を取りて
ふるさとへ　導きたまえ

和式便器に吐いたのは生まれて始めてで、動物のように四つん這いになっていた。冷や汗だらけの手のひらが、冷たいタイルの床で滑り、頭が便器の縁に当たりそうになった。胃の中の物が全部吐き出されても喉が痙攣しつづけ、空嘔《からえ》吐《ず》きが止まらない。

「さあ、これから轆轤を回そう」

ライダーは言った。

当惑して倒れそうだったのに、そう言われて、頭のてっぺんにキスをされた。

ライダーは轆轤の横にあるバケツから水を汲み、粘土の塊にぶっかけた。大きくて骨ばった手でカティアの手の甲を囲い、濡れていて冷たい粘土に当てた。

「さあ、蹴って」

震える右足で、弱々しく轆轤を蹴った。

「もっと力を入れて。回りだせばその勢いでずっと回り続けて軽くなるよ」

「……はい」

ライダーが何か指示すると「はい」と言って実行する習慣がそう言わせた。

それでも足に力が入らなかった。

「仕方がない、今度だけは僕が回そう」

ジーンズに包まれたライダーの大きい足が数回蹴るだけで、轆轤は勢いよく回り出した。


トイレの個室の壁をだれかが叩く音がした。向田主任らしい声がきつい口調で話しかけているようだったが、ほとんど意識に入らなかった。あの夏のことがうんと近づいていて、鈴蘭女子学院は冥王星よりも遠い存在になっていた。

トイレにいる今も、轆轤がぐるぐる回っている感覚に囚われた。便器のレバーに集中しようとしたが、レバーを見ていると右へ回り出して眩暈がした。

あの日、それから、弟子になった。

ライダーはカティアの両手を囲って、濡れた粘土に当てた。

粘土の表面はだんだんと柔らかくなり、側面にいくつもの筋が現れた。手を取られ、後ろから体をピッタリ押しつけられているのは、気持ち悪かった。でも、粘土を囲っている手先の感覚は新しかった。

「こうやって、台の真ん中に据えるのだ」

そう言ってライダーは手に力を入れ、カティアの手のひらの下で回る粘土がバランスよく回るようにした。その速さと的確さには感動した。

「うん、いい具合に回っている。次に穴を開ける……」


だれかが個室の鍵を揺らしているようだ。音が遠く、かすかに聞こえた。

ライダーの手とカティアの手が、グルグル回る円錐形の粘土に突き刺さり、すばらしい速さで穴を開け、深くし、中を空洞にした。

抵抗するのはやめ、濡れた粘土のようにライダーに体を任せてしまった。そうすると頭と体は粘土みたいに回る空洞になり、なにも悩まなくなった。心は体から離脱し、轆轤の右前方の空中に浮いているような感覚になった。

後ろの窓にはりついていた見えないはずの太った蜘蛛が見えた。

ライダーの手と自分の手は、器の側面を撫で上げて、形を作り始めた。円錐だったのが、中部は膨らみ、上部は細くなった。ライダーに対して生理的な嫌悪感を抱きながらも、彼の素晴らしい手の動きにうっとりしていた。

自分の気持ちがわからなくなった。

「僕はこの手を伝承して君を育てるから、君もこういうことができるようになる。どうだ、陶芸家になりたいかい?」

「……はい」

ライダーは突然両手を放した。カティアの手のひらの中で、できかけていた器はすぐに形が崩れ、のたうち回った。カティアはびっくりして、慌てて手を上げた。

「ごめんなさい」

「ははは、気にしなくていい」

ライダーは笑って椅子から立ち上がり、パイプを取りに行った。ライダーの支えがなくなって、カティアの胴体はヌルヌルした粘土のように崩れそうになった。

「君はこれから、粘土を何千も崩すのだ。崩しては一からやり直し、また崩し、一からやり直す。陶芸はそういう仕事だ」

ライダーはベンチに座ってパイプを吹かしている。その煙が定期的に、視界を流れていく。

「どうだ?　すばらしい感覚だろ?」

「……はい」

「さあ、もう五時になったから、手を洗って家に戻りなさい。片づけは僕がする。お母さんが心配しているだろう」

「はい」

23　ナイーブな少女

ようやく眩暈がしなくなって周りの様子が見えるようになると、床に白いハンカチが落ちていることに気づいた。

不思議がっているうちに、浮谷の物だと思い出した。

拾って、トイレの個室から出て行くと、向田主任と保健の先生が待っていた。保健の先生は「大丈夫ですか」と聞いてから、体の具合についていくつか質問した。その横で向田主任は腕組みをしてカティアを睨んでいた。保健の先生は安静にした方がいいから保健室に来てと言ったが、向田主任は彼女を先に行かせてカティアを止めた。

「おなかの具合が悪いのは仕方がないけれど、そういう時は行事が始まる前に、少なくとも幕間に静かに出ていくべきです。パフォーマンスの最中に走り去るのは、教師らしくありません」

「はい」

カティアはぐったりした気持ちで頷いた。これから死ぬまで、「はい」と人に言い続ける運命なのだろう。

「今日は審査を他の先生に任せて、お帰りなさい」

「はい」

「洋服と髪が乱れていますよ。廊下に出る前に直しなさい」

「はい、すみません」

向田主任はトイレを出て行こうとして、足を止めた。

「あなたが演奏の途中で出ていったことで、A組の広瀬結衣さんはショックを受けたようですよ。今担任の先生が落ち着かせようとしているところです」

「広瀬さんが……」

「ええ。広瀬さんはあなたのことを、どうしてかわかりませんが、尊敬しているようです。だから演奏の途中で出て行かれたことを侮辱と受け取ったようです。情緒不安定な彼女のことだから、精神状態に悪影響を及ばしかねません」

「……」

カティアは髪に紅のリボンをつけて指揮をしている広瀬の晴れの姿を思い出した。広瀬は口を覆ってチャペルから走り出す自分を見て、どんな気持ちだったのだろう。広瀬とはなんの関係もない生理的な反応なのに、下手な演奏を聞いて吐き気を催したように見えたのだろう。

それもこれも、ライダーの弟子になった日にくっ付いたこの手のせいなのだ。

「とにかく、今日は帰ってもらいましょう。二十五日はクリスマス休みですが二十六日は終業式なので出勤ですよ」

そう言って、主任はトイレを出て行った。

洗面台の前で恐る恐る手袋を脱いだ。

ライダーの手がくっきりと見える。カティアは深いため息をつき、手袋を洗って嵌めなおし、浮谷のハンカチも丁寧に洗った。濡れていて冷たくなったハンカチを四つ折りにし、ポケットに入れた。ポケットから水のシミが広がり始めた。

今日もだぶだぶのセーターを着てきてよかった。

手をセーターの袖に隠してからトイレを出ると、広瀬が廊下で担任の先生と話しているのが見えた。広瀬は壁にもたれ、目にティッシュを当てていたが、カティアが現れたことに気づき、責めるような目で見た。その視線に耐えられず、廊下の反対の方へ逃げた。

途中で、心配そうにしている浮谷の横を通り過ぎた。カティアのことを案じて残ってくれているようだった。

浮谷に話しかけられたが、

「大丈夫です」

とつぶやいてすばやく通り過ぎた。

保健室には行かずに教員室でリュックを取り、学校を出た。丘を降りる途中、後ろからハイヒールの音がして、幸長が現れた。

「駅まで送るわ」

とだけ言って、カティアと並んで歩き始めた。

一つも質問せずに静かに歩くだけなので、少しずつ緊張がほぐれた。駅に着くと、幸長は笑って、

「気をつけてお帰りなさい。何かあったら電話して。じゃね！」

と手を振った。

幸長の姿が見えなくなるまで待って、モノレールの切符売り場を離れてバス停の方へ歩いた。


バスの窓から町の光景が流れて行った。商品がぎっしり積まれた文房具屋、猫の額ぐらいの空間に置かれている花や植木鉢、都会のあちこちで見かける意味不明な橙色のプラスティックの象。小料理屋の陳列ケース。コンクリートの垣根から垣間見える栗畑。

今は日本にいる。現実は、こちらの方なのだと自分に言い聞かせながら、ひとつひとつ丁寧に眺めた。

しばらく居眠りをしたようで、降りるべきバス停に着いていた。顔を覚えている運転手に声をかけられて慌てて降りた。

アパートに向かって歩いている間、見えなくても太陽の塔を意識していた。塔は手先のない腕を翼みたいに羽ばたかせて、飛び上がり、カティアの頭上の空に停止した。ずっしりと重いコンクリートの塔は、落ちてきてカティアを潰すつもりだ。

「お前は俺とそっくりな手をしてるな。恥ずかしいだろ？　不格好なお前をみんながじっと見ているぞ」

まだ陽は高いのに心は真っ黒だ。だから、夜の挨拶をした。

「こんばんは、太陽の塔」


ようやくアパートに着くと、流しに直行して塩水で何回もうがいをした。そして玄米茶を淹れた。いつもなら香ばしい玄米茶を飲むと緊張がほぐれるが、なんの効果もなかった。

暗くなり始めるまで座卓にじっと座っていた。

あの日ライダーのスタジオで起こったことを思い出したのは何年ぶりだろうか。これまでずっとガードをし、頭を遮ろうとするとすぐに注意を逸らせたのだった。

あの日、師匠はキスしてくれた。カティアのナイーブで美しいファンタジーに応えようとし、弟子にしてくれた。

あんなに汚いことになったのは、自分が生意気で淫らな女の子だったからだ。

いやなら、「ノー」と答えるだけでよかった。それなのに、自分は「はい」と何回も答えて、先生を勘違いさせた。

あの日は家に帰って寝室に入ると、ドアに鍵をかけ、長い間泣いたことを覚えている。起こったことを何回も繰り返して思い出し、恥ずかしさで目を覆った。ライダーにも、ライダーと一緒にミネソタのスタジオに来ているジェニーにも、目を合わせられないと思った。

だから、次の日には教室を休んだ。母に気づかれたくなくて、自転車を森の中に隠し、木の下で本を読んでいた。

ジェニーが郵便局に電話を入れ、「カティアが来ないけれど、どうしたの」と母に聞いたようだ。母は郵便配達の途中なのに家に駆け戻って、カティアが応答するまで大声で呼んだ。おかげで、カティアは森に迷い込んだというバカな言い訳をする羽目になった。

本当の理由はぜったいに気づかれてはいけない。特別に教室に入れてくれたライダーは母にとっても自分にとっても大恩人で、教室をやめれば、恩を忘れた心ない人だと思われるだろう。考えるだけで冷や汗が出た。

ライダーが自分のことをナイーブだと言っていたことを思い出して、辞書で調べた。ナイーブには「純粋」という意味もあったが、「経験や分別や判断力に欠けていること」という意味もあると知って、顔が赤くなった。

「どうしよう、どうしよう」

枕に顔をうずめて何回も叫んだ。

ライダーとは顔を合わせたくなかったが、翌日は教室に出た。スタジオに入るのは恐ろしかった。でも、ライダーはいつもと変わらない様子だった。

「昨日はどうしたんだ？　心配したぞ」

とウィンクして微笑みかけただけで、一昨日のことには全然触れなかった。ウィンクが何の意味なのか、あるいは何の意味もないのか。当惑してしまい、床ばかり見ながら苦しい三時間を過ごした。おしゃべりをして教室を楽しんでいる子どもたちに激しい嫉妬を感じた。カルダモンの菓子パンを持ってきたジェニーの顔も見られなかったが、カルダモンの匂いはいつになっても頭から消えなかった。

窓の外を見た。万博公園の近所はすでに暗くなっていて、静かだった。太陽の塔は、重たい腕を翼みたいにはばたかせて元の位置にドカンと止まった。塔は、さっきカティアを脅かしたことに満足し、勝ち誇った顔をしていた。

24　律儀な人からの電話

外の世界と繋がりたくて、窓を開けた。夜風と、いつものかすかな雑音が入って来て、「日本にいる」と思った。なぜか急に嬉しくなって涙が出そうになった。

ここへ焼き芋のおじさんが来たらどんなにいいか。彼が「やきもう」ではなくて、「焼き芋う」と言っていることは、留学生時代にホストファミリーのお母さんに聞いて知った。焼き芋おじさんの売り声と、ほかほかでふわふわの黄色い焼き芋を想像しながら、布団を敷いて八時半に寝てしまった。

次の朝、昨夜何も食べなかったからお腹が空いて、ハムエッグにトーストとごはんとみそ汁も作った。しかし、手袋を嵌めていてもライダーの手が透けてみえる気がして、料理に手を出せなかった。卵はヌルヌルしていて、みそは残飯が浮かぶ怪しげな液体に見えた。結局、そのままゴミ箱に捨ててしまった。

携帯をチェックすると翔子からメールが入っていた。今週末は忙しいけど太陽の塔のことを楽しみにしているという内容だったので、携帯を床に放り投げた。

手を見下ろした。野球のグローブのように大きくて不格好で、これを腕からぶら下げては外に出られないと思った。

こうなったのは、あの日スタジオから戻った時だった。

その夜お風呂に入ろうとすると、自分の腕にライダーの手がくっついていた。何回も目を瞑って見直したが、変わらなかった。

洗面台に駆けて行って、手を洗った。何回石鹸で擦《こす》っても、腕先から堂々としたライダーの手が伸びていた。気持ち悪くて、体に触ることができなかった。

ライダーが轆轤のところで言った言葉を思い出した。

「僕はこの手を君に伝承して、君を育てるから、君も立派な器が作れるようになる」

カティアは驚愕した。ライダーには、他人に自分の手を移す能力があるのか？　「伝承する」とはそういう意味だったのか？

カティアは超能力やオカルトは信じていなかった。でも、交霊会やお化けの話の中には論理では説明しにくいものもあり、迷うことはあった。例えばスペイン人の男の子が、チベットのあるラマの生まれ変わりだという話や、トーストの焦げた表面に聖マリアの顔が現れるミラクルなど、信じている大人もいるので、ありえない話だと断言はできない。もしそれが可能なら、ライダーがラマみたいに神秘的なプロセスで手を伝承することも可能な気がした。

次の朝起きてライダーの手が目に入ると、オカルトは本当だとわかって絶望した。体を洗うのがいやで、シャワーもお風呂も控えた。数日経って母に指摘されたので、キッチンから母のゴム手袋を盗んでバスルームに入った。手袋でなら、歯を食いしばって体を洗うことができた。手はだれにでも見えているはずなのに、母も、友達も、ライダーとジェニーでさえ、一言も言わなかった。

ライダーには少しは罪の意識があってもいいと密かに思った。彼が平気な顔をしているのを見ると、悔しかった。

手を傷つけたくて、引っ掻いたり、物にぶつけたりすることもあった。異常な行動だとは知っていたから、母にもライダーにも知らせまいと皮膚病を装った。図書館に行って、皮膚を刺激する洗剤や化学薬品を調べた。小遣いで買って、皮膚にこすりつけた。それで本当に皮膚病になって、しばらくミネアポリスの皮膚科に通っていた。

なにをする気にもならずじっと座っていると、携帯が鳴った。翔子か幸長だろうと思って、床から拾って出ると、照れ臭そうな声がした。

「突然の電話で大変失礼ですが、幸長先生からクリステンセン先生の電話番号を伺って……」

カティアは携帯を落としそうになった。まさか、浮谷が電話してくるとは。

「もしもし?」

「はい」

「あのう、讃美歌コンクールが無事に終わって、中二のC組が優勝したことをお知らせしたくて……」

カティアは顔を顰めたが、浮谷の心遣いは嬉しかった。

「よかった、で、です、ね」

ミネソタ州でのことを考えていたせいか、日本語がすっと出て来なかった。

「ご気分はよくなりましたか。コンクールの方は、まったく問題なかったですよ。みんなA組の演奏に聞き入っていて、クリステンセン先生が出ていかれたのをだれも見なかったと思います」

真っ赤な嘘は、とてもかわいかった。

「そんなことは絶対にないでしょ?」

と、皮肉を言う元気がわいてきた。「本当に、すみませんでした」

「いえいえ、まったく問題なかったですから。お元気になられたようでなによりです」

「ありがとうございます」

この会話は焼き芋みたいにほかほかで、ふわふわだった。

浮谷はしばらく黙ってから、

「では、お休みなさい」

とそっと言った。

「お休みなさい」

電話を切ってしばらくして、「えっ？」と首を傾げながらつぶやいた。

人を好きになってはだめ、人に好かれるのもだめと警告する声は、今はなぜか聞こえなかった。


日曜日に起きた時、ライダーの手は朝日を受けて不気味に光っていた。でも、胃の具合は少しよくなっていたので、朝ご飯を食べることができた。

冷蔵庫の食べ物が底をつき、手を隠して出かけることにした。あまり寒くはなかったが、ミネソタから持ってきた厚い冬の手袋を箱から出して、手に嵌めた。ライダーの手は大きいのに、女性の手袋にすっぽり入るのはいつも不思議に思う。

ジャケットも着込み、コンビニに向かった。お金を節約するためにはスーパーに行くべきだろうが、コンビニは近いし、美味しいインスタント食品と何種類ものお茶やジュースやお酒がある。じつは、和菓子を買った夜からお金の使い方が荒くなっていて、母に返すべきお金で予定にない物をどんどん買っていた。お茶も以前は量り売りの茶葉を買って薬缶で淹れていたのを、最近はペットボトルの魅力に負けてコンビニで買うようになった。

コンビニの中は明るく、冷蔵キャビネットに入っている何種類もの飲み物を見るだけでいい気分になった。もしここに椅子のある寛ぎスペースがあれば、どんなにいいかしれない。毎日通って、美味のワンダーランドで何時間も過ごしたい。しかし、日本の都会は人でぎゅうぎゅう詰めなので、お金で買わない限りゆっくり過ごせる場所はない。おまけに、長い金髪のガイコクジンは注目されるから、いつもさっさと買い物を済ませることにしている。

カティアは値段も見ずに好きな物を買い物かごに入れた。おにぎり五個。海苔とつゆ付きの蕎麦。トンカツサンド。カレー味のポテトチップス。「たけのこの里」二箱。マロンプリンとロールケーキ。ジュース。酎ハイ。大きいサイズのお茶を二本……。

かごがいっぱいになり、商品が床にこぼれはじめた時には、少し悲しくなった。アメリカのショッピングカートは大きすぎるが、日本の買い物かごは小さすぎる。

アパートに帰ると、コンビニの夢から覚めた。ビニール袋の中を覗き、こんなに買ったのかと青くなった。罪の意識を減少させるために、買った物を冷蔵庫やキャビネットに隠し、おにぎり二個とジャスミン茶と「たけのこの里」の中身を五個だけ座卓に並べた。

25　珍しい客と珍しい電話

食べ終わってジャスミン茶を啜っていると、またミネソタのスタジオのことを思い出した。いつのことかはっきり覚えていないが、たぶん中二になる夏で、弟子としての稽古を本気で始めたころだったのだろう。その夏から教室の時間より早く来て準備を手伝い、終わった後も片づけるために残るようになっていた。

ある日、細くてきれいな日本人女性がスタジオの入り口に現れた。服は上品で、手作りのショールと独特なデザインのネックレスをしているのを見て、芸術家に違いないと思った。ライダーはその客を見ると大喜びで、笑いながら女性に歩みより、親しみを込めて女性の肩を抱いた。彼女は少し硬くなって、愛想笑いを返した。

スタジオを掃除しながら二人の話に耳を傾けていると、女性は京都に住む茶道家で、旅行でミネソタに来ていることがわかった。どこかの「センセイ」が注文した茶碗を取りに来ているらしかった。

めずらしい話ではなかった。ライダーはアメリカだけでなく、日本やフランスでも名の知れた陶芸家で、ときおりスタジオを訪れる客がいた。

カティアはスタジオの陰から、きれいな女性を惚れ惚れと眺めた。アジア人女性を近くから見たのは初めてで、エナメルのヘアピンで優雅に留められている艶々した黒髪に感嘆した。それに、なんと細いウエストだろう。これまで広告で見たアジア人女性は、チャイナドレスを着て鋭い目をしていたのに、この人はチャイナドレスを着ていないし、顔は丸くて目がやさしそうだった。

ライダーは長い間アヤコという女性と話しながら新作の花瓶を見せていた。そして、カティアがいるのを思い出したらしく、近くに来るように手招きした。

カティアは汚い前掛けと古いジーンズを気にしながらアジア人女性に近づき、握手しようと手を突き出した。

アヤコはカティアの手を見ると目を見開いて、少し怯《ひる》んだ。

ライダーは笑った。

「握手だよ、握手」

彼も手を突き出して、上下に振ってみせた。

カティアは、女性が次に何をしたかを今でもはっきり覚えている。

カティアの手とライダーの手を見比べてから、驚いた目でライダーを見上げたのだ。

その仕草はカティアを深く動揺させた。六年生の夏から一年の間、だれも手について一言も触れなかったのに、アヤコは見抜いたのだ。

顔が真っ赤になって、慌てて手を隠した。

「この子はカティア・クリステンセンといって、僕の弟子なんだよ」

そう言って、ライダーはカティアの頭を無造作に撫でた。

「まだ若いけど、将来いい陶芸家になるだろう」

手のことですっかり度を失ったカティアは、目を泳がせた。

それからライダーはアヤコにカティアが作った器をいくつか見せ、彼女が褒めるのを満足げな顔で見守っていたが、カティアは頷いて微笑むのがやっとだった。

最後に、アヤコは革のバッグから名刺を取り出し、カティアに差し出した。受け取るのに右手を出さなくてはならないと気づいて、カティアは泣きそうになった。でも、仕方なくおずおずと手を伸ばした。

アヤコは、意を決したようにカティアの手をしっかりと両手で握って、カティアをびくっとさせた。

「さっきはすみませんでした」

彼女は目で笑って優しく言った。「アメリカのハンドシェークに慣れていないので、びっくりしたんです。カティアさんは強くてきれいな手をしていますね」

彼女はカティアをまっすぐ見た。

「作品を見せていただくのを楽しみにしています」

「ありがとうございます」

カティアは消え入るような声で呟き、名刺を持った手をすぐに引っ込めて服の陰に隠した。

「では、ライダー先生、これからもよろしくお願いします」

アヤコはライダーとも握手し、スタジオを出て行った。ライダーは戸口に立って、パイプを吹かしながら手を振り、車が去るまで見送っていた。

ライダーの手を握ってくれた女性の名刺は、財布に入れて、今も大事に持っている。


座卓に散らかっている包み紙やプラスティックのトレイを片づけようとした時、コンビニのチラシにクリスマスケーキの写真を見て、今日はイブだと思い出した。

翌日の二十五日はクリスマスなので、学校は休みだった。

翔子は今朝どうしているのだろう。きっと彼氏と楽しいイブを過ごし、今日は彼か他の友達と出かけているだろう。

夜になった。クリスマスに母に電話をすると約束していたことを思い出し、暗い気分になった。

母のことはもちろん愛している。しかし、近ごろはほとんど連絡を取らなくなっている。母は、カティアがライダーの弟子になって、学費まで払ってもらって一流大学で勉強していることを誇りに思っていて、いつもくわしい話を聞きたがっていた。ライダーと喧嘩別れした今は、話をすることが困難になった。

髪の毛を弄《もてあそ》びながら、メールでごまかそうとしばらく考えていた。でも、クリスマスの電話もできない娘は最悪だと思い、ノートパソコンを立ち上げた。スカイプを開いて、長い間躊躇してからカーソルをクリックして電話を始めた。

母の顔が現れて、衛星を通じて母の声が聞こえた。

「カティア！　この二か月何をしていたの？　サンクスギビングの頃に電話することになってたでしょ！　大丈夫なの？」

「全然大丈夫」

カティアはかなり無理して陽気な口調で答えた。

「毎日がすごく楽しいから、時間があっという間に過ぎて、電話するのを忘れちゃうの。ごめんね」

「……本当に？」

「そうよ。どうして？」

「キャット」

母は愛称で呼んで、ため息をついた。「そうじゃないでしょ」

「どうしてそう言うの？　今は最高なのよ」

「キャット」

母はためらいがちに言った。「先週、デーヴィッド・ライダーから電話があったの」

カティアは青ざめた。

「デーヴィッドは二週間前からこちらのスタジオに来ているの」

「……そんなはずないわ。まだ学期の途中でしょ？　先生と会ったの？」

「会ってないけど、５０７局番からの電話だったから間違いないわ」

あらゆる可能性がカティアの脳裏を駆け巡った。ライダーはまた眼の病気にかかってしまった？　突然大学を退職した？　サバティカルをもらった？

「サバティカルでしょ」

「違うの。デーヴィッドはあなたに会いに来たと言ってたの。キャット、デーヴィッドとあなたの間に何があったの？　彼は落ち込んでいたわよ」

部屋がぐるぐる回りだして、座卓の端をつかんだ。

先生にすぐにでも会いたくて、胸が張り裂けそうだ。今から電車に乗って関空に向かい、B747に乗って北米へ渡り、シアトルで乗り換え、ミネアポリスに着く。母が迎えに来てくれる。車に飛び乗りスタジオに向かう。スタジオのドアを開けて、ライダーの腕に飛び込む。ライダーは驚くが、「やはり君が必要だ」と低い声で言って強く抱きしめる。鉄の壁は溶けてなくなる。今すぐ出発しよう。

26　家出

母に言い訳をしてすぐにスカイプを切ったが、その後は一睡もできなかった。

朝起きると、昨夜体に満ちていた恋しさとなつかしさは憤慨に変わっていた。弟子にしたくせに自分を残酷に捨てて将来を踏みにじり、日本での新しい人生をもダメにしているあの化け物は、いったい何を考えて故郷に来て、どんなつもりで会いたがっているのだ。

いや、ライダーよりも、自分に猛烈に腹が立った。なんで昨夜はプライドを放り投げ、ライダーの元に戻ろうと思ったのだろう。その衝動を克服するのに、どうして一晩も必要だったのだろう。

心も体も洗濯機で洗われた紙幣のようになっていたのに、終業式なので出勤して広瀬の問題に向き合わなければならなかった。もうどうなってもいいと思い、安全なバスはやめ、便利なモノレールに乗った。サイコパスを警戒する気持ちもなく、命を奪う冷たい爪を半分期待しながら彩都に向かった。

坂を上る途中、広瀬に謝りたいと切実に思った。でも、どうすれば謝ることができる？　日本語で話しかけてはいけないと主任に言われているし、英語で気持ちを伝えようとしても、わかってもらえないだろう。意味が通じたとしても、伝えるべき言葉はあるのだろうか。

ふと、浮谷がくれた「ＧＥＢ」のことを思い出した。気持ちを伝える本を買ってあげれば？　これも却下だ。プレゼントをあげてしまえば、広瀬の思いに応えたと勘違いされる。考えるだけで冷や汗が額に湧き出た。

教員室に入った時に幸長が笑いかけてきたが弱々しい笑みしか返せなかった。

教員室に戻ると、向田主任が眉を顰めながら電話で話していた。

「警察です」と同僚に言われて、胸騒ぎがした。自分がどんな罪を犯したのかを思い出そうとした。コンビニで気づかずに万引きをしたのか。それとも、定期券が無効になっていたのか。太陽の塔のことを嫌っているのが警察に知られて、大阪から追放されるのか。

ところが、現実は想像を上回った。

「広瀬結衣が、家出？」

一気に青ざめた主任の顔は、すぐにカティアに向けられた。


「自分を責めてはいけませんよ」

と幸長が言っているのが遠い木霊《こだま》のように耳に入った。

長い一日が終わって、二人は駅に向かって歩いていた。

「入学した時から、家庭の事情でいろいろあったのよ。家出は今回が初めてではないの」

「……」

幸長の言葉はありがたかったが、早く駅に着いて、最低の人間である自分から幸長を解放してあげたかった。

それから百キロメートルにも思われた距離を歩いて、ようやく駅に着いた。

「今日は万博公園駅まで送りましょう」

「大丈夫です。まっすぐアパートに帰って、休みます」

幸長が心配そうな顔で見ていたので、

「家に、着いたら、電話します。大丈夫じゃない、時、来てほしい」

変な日本語でなんとか答えた。

「大丈夫じゃなければ、必ず連絡するのよ……盃の水を飲んでここまで戦ったのに、勝利の一歩手前でくたばってはだめよ」

カティアには難しすぎる日本語だと気づいて、幸長は少しおかしい英語に言い直した。

「You are close to win, so samurai is never give up」

日本人の英語は、誤っている時こそ抒情的になると思って感動した。


アパートに着くと、敷きっぱなしの布団に倒れ、長い間天井を見上げた。広瀬結衣は今どこで、どんな気持ちでいるのだろう。もしや、早まった行動に出て、若い命を……。

「どうしよう。私、どうしよう」

明日も出勤して補習を行う予定だったが、絶対に無理だ。明後日、翔子と太陽の塔に忍びこむのも無理。さらに想像できない。翔子に電話してみたが、留守番電話になっていた。

その夜、夢を見た。

ミネソタの赤い納屋のスタジオの前に、広瀬結衣が立っていた。讃美歌コンクールで着ていた紅のベルベットのドレスに紅のリボンをしていた。入っては危険だとカティアは知っていたが、広瀬はドアをノックした。

ドアはライダーによって開けられた。彼は片目を瞑って広瀬にウィンクしたが、その眼は異様に大きく、鷹のように強烈な黄色だった。ライダーは猛禽類特有の鋭い視線で広瀬を凝視した。

「広瀬さん、逃げて！」

カティアは叫ぼうとしたが、声が出なかった。広瀬が納屋のスタジオに入るのをハラハラしながら見ているしかなかった。

「さあ、轆轤に座って」

ライダーは広瀬の背後に回り、真っ白い歯を見せながら残酷に笑った。

広瀬はなぜか危険に気づかず、学校の机に腰を下ろすようにきちんと轆轤に座った。ライダーはにやにや笑って、広瀬の後ろに椅子を引き寄せて座った。突然、ライダーの肩から鷹の翼が生えてきて、広瀬の細い手を轆轤に載った粘土に押し当てた。

広瀬はようやく危険を感じたらしく、身もだえし始めたが、もう逃げるチャンスを失っていた。

スタジオの角に、人間並みの高さに縮まった太陽の塔がいた。円錐型のはずなのに、なぜか足があり、足を組んで革の肘掛け椅子に座っていた。塔は手先のない腕でパイプを不器用に持っていた。パイプを吹かしながら、満足そうに二人の様子を眺めていた。

ライダーは、人間の足にも鳥の足にも見える物で轆轤を強く蹴った。台の上の粘土はグルグル回りだした。

広瀬は泣き出して手を引こうとしたが、鷹のライダーは怒って、凄まじい叫び声を上げてスタジオの壁を震わせた。翼は大きく広がって広瀬の体を覆った。

塔はパイプを口に咥《くわ》えながらにやにや笑って、ペンギンの羽のような手を三回、ゆっくりと叩いた。

翼に閉じ込められた広瀬の悲鳴がだんだん小さくなって、不気味な沈黙がおとずれた。

ライダーは「よし」と鷹の翼を広げた。広瀬はいなくなっていて、轆轤の台の上で器だけが回っていた。回るたびに、粘土の中から広瀬の目が訴えるようにライダーを見上げるのが見えた。

太陽の塔は首を上下して頷いた。

「これから焼くのだな。出来上がりが楽しみだ」

塔は歪んだコンクリートの口を開け、百本以上の小さくて鋭い歯をむき出しにして笑った。

「あれ？　なんかおかしいぞ！」

塔は、首をすばやく動かして、スタジオの隅にいる何かを凝視した。

その何かは、カティアだった。

さっきまで体がなかったのに、今は真っ裸になって陰でしゃがみこんでいた。

ライダーは驚いて、振り向いた。

「ああ、君。ちょうどよかった。窯へ運ぶのを手伝ってくれ」

カティアは起き上がって逃げようとしたが、足がなかった。

体を倒して、ドアの方へ転んだが、床は斜めになっているようで、ドアの方へ転ぼうとしても、ライダーと塔のいるところへ滑って行ってしまう。

その時、ライダーがゆっくり次の言葉を口にした。

「認めよう。あの時、僕の手は……」

カティアは芯まで震えた。スタジオは茶紫色に変色し、その恐ろしい色が体にしみこみ始めた。体は穴だらけになり、崩れそうになった。

塔はいつもの難しい顔をさらに難しくした。

「ライダー！　それは教えるべきことではないぞ」

「いや、いいんだ。カティアがこれで気が済むなら」

ライダーは、親切心のつもりで言っているらしい。

「おまえは許すかもしれんが、おれはユルサンゾ！」

塔はミネソタ州の全域に響くほどの大きな声で怒鳴った。

そして、声を低めて意地悪い口調で、

「おい、サイコさん。いるんだろ？」

とドアに向かって誰かに呼びかけた。

「通せんぼうだ、通せんぼう」

カティアはドアに向かって必死に転がり、もうちょっとで出られるところまで来たが、何かに頭をぶつけた。

上を見ると、サイコパスの茶色いローファーとジーンズがすぐそこにあった。

耳元で凄まじい音がして、目が覚めた。

寝ているうちに布団から出て、狭い1DKを転がってキッチンに来ていた。カウンターにぶつかり、積み上げられた皿とフライパンを床の上に落としていた。

27　師匠の晩餐

翌朝、カティアは宇治に出かけた。

阪急線の山田駅で電車に乗り、十三駅で京都線に乗り換える時まで、今日も学校に通勤すべき日だと気づかなかった。

でも、今日は宇治に行かなければならない。

「認めよう。あの時、僕の手は……」

あの夏の日に、学校のトイレで思い出していたことの他に、肝心なことが起こった気がしてきた。でも、思い出せない。

宇治には轆轤体験をさせてくれる工房がある。二年前に宇治に行った時、ライダーの恩師である陶芸家がその工房へ案内してくれて、カティアが茶碗を作るのを満面の笑みで見守ってくれた。今日もそこで轆轤を回して、その肝心なことを思い出そうと思ったのだ。

窓の外を眺めていると、線路が高い梯子に見えてきて、高一になる夏のある日のことを思い出させた。ライダーが手を伝承してから四年経ったある日、梯子の上から彼の大きい体が突然落ちてきたのだ。

その夏、ライダーは埃《ほこり》でも入ったかのようにいつも目を擦っていた。梯子から落ち、病院で折れた左前腕と捻挫した左足首を治療してもらっている時、視界が灰色の霞《かすみ》に覆われていると訴えた。眼科医に見てもらったところ、緑内障だろうと診断された。

ライダーにとっては、その診断は致命的な打撃だった。折った腕はそのうちに治るが、目が見えなくなっては陶芸家として終わりだと嘆いて、教室をキャンセルしたのだ。だが、カティアだけは、その気があったら来てもいいと言われた。ライダーはほとんど家に籠っていたが、ときどき松葉杖で轆轤の傍《そば》に来て、カティアが回すのを見ながら少し指導してくれた。

ジェニーは気難しくなったライダーをもてあまし、カティアが来るのを歓迎していた。

「デーヴィッドは今大変なの。仕事が生き甲斐だから。でも、カティアちゃんが来てくれると気がまぎれるから、ありがたいわ」

そう言われて、カティアは有頂天になった。

絶対に陶芸をやめさせてはならない。元気を取り戻すまで傍にいて励まさなければと思った。ところが、事故から日が経つと、ライダーは元気になるどころかますます落ち込み、ある日ウオッカを二本飲んでジェニーを殴ってしまった。

その翌日、カティアがスタジオに行った時には、ジェニーはもういなくなっていた。

これまでで一番惨めな姿になっているライダーは、殴ったことを認め、自分は最悪な男だとカティアに告げた。ジェニーも可哀そうだが、しょんぼりとしたライダーも可哀そうでならなかった。

「君もここから出ていきなさい。今すぐに」

ライダーは声を荒らげて叫んだ。

「でも先生、私がいなくなれば、先生は……」

「俺はどうだっていいんだ」

ライダーはカティアを睨んで乱暴な口調で言い放った。

「もう、目も見えない老いぼれだから、死んだほうがいいんだ！」

カティアは肩を落としてベンチに座っている師匠を脆《もろ》くて労わるべき者だと初めて感じた。確かに妻を殴る男は許せない。でも、今の師匠は子どもみたいにしょんぼりしていて、放っておけなかった。

だから、その後も毎日スタジオに来て、ライダーがスタジオにいなくても一人で稽古を続けた。

ある日、腕も足首も順調に治っているのに、ライダーはベッドから起き上がってこなかった。その日から、カティアは朝から行ってご飯を作り、母が仕事が終わる時間ぎりぎりまで残って、サンドイッチなどを作り置きするようになった。ライダーは何も言わず、それを食べていた。

ある朝、昼ご飯を用意して呼んでも、ライダーの部屋から返事がなかった。恐る恐るドアをノックすると、ライダーは気怠《けだる》い声で「どうぞ」と言って部屋に入れてくれた。

「これまでありがとう、カティア。でも、もうここに来ないでほしい」

カティアは唇を噛み、突然湧いてきた涙を堪えた。

「そんな顔をしないで」

「……」

「もう行くんだ」

「……」

「君はな」

ライダーは、いつになく優しい口調で続けた。「餓鬼になっている俺の前に並べられた晩餐なんだ」

「……晩餐？」

カティアには意味がわからなかった。

「もっとはっきり言おうか」

「……」

「今の俺には女が必要なんだ。意味はわかるか？　君は気をつけないとその女になってしまうぞ」

カティアは息をのんで、青ざめた。

「……でも、私が来なくなれば、先生は……」

ベッドカバーに置かれたライダーの手を見て、自分の手を握った。

出て行けというのはひどすぎる。この手のままでこの人と離れて、どうやって生きていけばいいというのだ。

「だから、先生の目が治るまで……」

「カティア！」

ライダーはしびれを切らしたように低い声で言った。

「出て行け。出て行かないと、後になって責められるのは君の方だ」

「……」

「泣くな！　泣く子どもは大嫌いだ」

「怒ら、ないで、ください。泣くの、やめ、られ、ないんです」

しゃくり上げながらつぶやいた。

「まったくもう！」

ライダーは怒鳴った。

「勝手にしろ！　君の娘っぽいファンタジーには付き合っていられない」

「……すみません。すみません。帰ります」

車窓が曇っていた。雨が降り出したのかと思うと、そうではなかった。

視界が涙で滲み、外の景色が淡い色の霞になっていた。

28　田舎娘の誤った解釈

血相を変えて怒鳴った師匠が怖くて、もうスタジオに行かないと決めていた。しかし、ライダーがだれもいない家の中で一人で死んでしまわないかと気が気でなかった。

二日経って、どんよりとした雨の日に、自転車に乗ってスタジオに向かった。

キッチンのドアには鍵がかかっていなかった。何回もノックしたが、返事がなかった。

「先生、いますか」と呼びながら少しだけ中に入った。ベッドルームを覗き込み、じっと睨むライダーの目に出会った。

「もう来ちゃいけないと言っただろ？」

「先生のことが心配で……」

ライダーは、カティアの愚かさを神様にでも訴えるかのように斜め上を見上げて、深いため息をついた。

「とにかく郵便物を取ってきてくれ。目薬が届いてるんだ。君のお母さんが、昨日カウンターに置いていった」

カティアはほっとして頷いた。

カウンターにはそれらしい郵便物があった。手に取ってベッドルームに戻ったが、戸口のところに足を止めて、躊躇した。二日前にあのセリフを言われて、警戒していた。

「あのう。ジェニーさんがいなくなったことについて、母が何か言ってましたか」

お母さんはいずれジェニーがいなくなったことに気づき、訳を聞くだろう。その時にどう説明したらいいのか悩んでいた。

「お母さんが、ジェニーのことについて気づいたかどうかってこと？」

「はい」

「知りたい？」

「……はい」

答えてしまってから、質問の意図を間違えているような気がした。

ライダーは笑って、卑猥なウィンクをした。

「お母さんは気づいていなかったと思うよ。ホッとした？」

「いいえ」

さっき「はい」と答えたことを後悔し、すぐに否定した。

かなり長い間ライダーにじっと見つめられた。

「僕のどこが気に入っているのかさっぱりわからないんだけど……今の僕は、無防備なんだよ」

「無防備？」

カティアは眉根を近づけて、突然出てきた言葉を理解しようとした。自分が先生を攻撃するはずはないのに、どうしてそんなことを言うのだろう。ライダーと今かわしている会話をちゃんと理解していない気がした……。

電車は大きい駅に止まった。京都の阪急河原町駅かと思って慌てて立ちかけたが、途中の高槻市駅だとわかってまた座った。

さっき涙で霞んで見えた窓は、今は霧雨が降ってきて曇り始めていた。傘を持って乗り込んでくる客が何人かいた。床に置かれた傘の先から、埃と混じった雨水の溜まりが広がった。開いた扉から吹き込んでくる空気は、雨に洗われて新鮮だった。


「薬を持ってきてくれ」

ライダーはそう言ったが、近づきたくなかった。

「なにをグズグズしている」

「やっぱり、帰ります」

「えっ？　ここまできて、僕を放っていくのか」

カティアはベッドカバーの上に投げ出された先生の手を見ていた。この手は自分の腕にも繫がっているから、毎日見ている。懐かしさが込み上げた。その手を、どんなに尊敬したことか。カティアの器を直してくれる時、触れるだけで形を取り戻して美しい器にした。

ライダーがこの家で一人で死んで、その手が動かなくなり、永遠に眠ることを想像すると目頭が熱くなった。

おもむろに歩き出してベッドへ歩み寄り、目薬の箱を持った手を伸ばした。

「グッドガール」

そう言って、ライダーは、箱ではなく、カティアの手首を握って、引っ張った。

終わってからも、長い間動けずにいた。ライダーは肩を揺すぶって起こし、大丈夫だよと励ますようにつぶやき、額に特別にやさしいキスをした。

「これからピルを飲みなさい。世話してくれる医者を知っているから任せなさい」

と言って、動けないカティアの体を支えて起き上がらせた。

あの日から、すべてが変わった。緑内障だと医者が言っていたのが、倒れた時の衝撃で眼圧が上昇しただけだとわかった。目が見えなかったのは、スタジオで負った傷のためで、完治するはずだということだった。

ライダーは元気を取り戻し、師として本気でカティアの育成にかかった。それまでにない優しさと厳しさと、心を溶かすような思いやりを見せてくれた。

もちろん、セックスも続いた。

幸せだったかもしれない。しかし、あのころから心の奥底にはどす黒い影が差していた。その影に向き合うと心が壊れてしまいそうなので、深いところに隠しておいた。

冬の間も、ライダーとメールを頻繁に交わし、電話でもよく話した。

そのころ、カティアがライダーの大学に入学してライダーが学費を負担するという話が出た。教授が学生を援助して大学に行かせるなんて、聞いたことがなかったし、ライダーがどうやってそうさせるつもりなのかわからなかったが、美術の奨学金とコネを使うとライダーが教えてくれた。母は絶対にだめだと言いながらも、娘を大学に行かせるのなら払ってもらうしかないとわかっていた。自分も母も、将来を彼に委ねていた。

ライダーがミネソタにいない間は、苦痛でしかなかった。学校では上の空で、友達から遠ざかった。ミネソタのことより、マサチューセッツ州にいるライダーのことが気になり、ジェニーが戻ってきていないか、他に恋人ができていないかと悩んだ。一度だけ勇気を振り絞ってライダーに聞いたが、髪の毛を撫でられ、「まさか」と言われた。

「僕が、女が必要な男だと言ったのを覚えている？　それは一人の女のことなんだ。つまり、僕はワンウーマン・マンなんだ。そのワンウーマンは、君なんだぞ」

「だからあの日、君が『抱いて』と熱情を込めて訴えて無防備な僕の上に倒れ込んできた時、喜んで受け入れたんだよ」

そう言われた時、頬が耳元まで真っ赤になり、体が寒くなった。

「どうしたんだ」

「だって！　先生が引っ張ったでしょ？」

声は上ずっていた。

「そういうふうに覚えている？　まあ、それでいいだろう。あの日のことを延々と言い合う必要はないじゃないか？　僕が君を引っ張ったと信じたいんなら、信じていいよ。そういうことにしておこう。それでいいんだろ？」

「……ええ」

カティアはふと我に返って、車窓を見た。

そして、息を飲んだ。

世にも恐ろしい顔が、真っ赤な光の中に浮かんでいるのだ。

ぎくりとして、のけぞった。そうしたら、ボックス席で隣に座っている中年女性に訝《いぶか》しがられ、慌てて座りなおした。

ライダーがいるはずはないと自分に言い聞かせ、恐る恐る目を窓に戻した。

やはり顔のような何かが浮かんでいて、またドキリとした。

指で水蒸気をこすった。そして、顔の正体を知って吹き出した。

がんこ寿司の看板だった。赤く光る看板を背景に、黒ぶち眼鏡を掛けているおじさんの白くて四角い顔が水蒸気で霞んで、ライダーに見えてしまったのだ。そういえば、体のない白い顔は太陽の塔にも似ているようだった。

29　宇治再訪

二年ぶりに宇治駅で降りた。まだ朝の十一時だというのに、もうヘトヘトだった。

今朝から何も食べていないことに気づいて、駅前のラーメン屋に入った。そこで、さっき観光案内所でもらったチラシを見た。轆轤体験をさせてくれる工房は、以前来た時と同じところにあった。

ラーメンをぼんやりと食べて、店を出た。そして、広い道に沿って歩き出した。チラシの地図を見る限り、工房は駅のすぐ近くにある感じだったが、近くに見せるための縮小図だったとだんだんわかってきた。

以前来た時は紅葉の一番きれいな時期で、庭やお寺は真っ赤に燃えていたのに、今日通り過ぎた庭の紅葉は艶のない赤紫色に変色し、くたびれたように枝から垂れ下がっていた。

工房に近づいてくると、心臓が激しく鼓動し始めた。今朝出かける時には簡単だろうと思っていたことが、近くに来てみると大変なことに思われた。轆轤を蹴ることを想像すると、足に力が入らなくなり、歩道に座り込みそうになった。

引き返す?

時間もたっぷりかけてここまで来たし、宇治までの電車賃が惜しい。平等院だけ見て帰ることもできるが、帰ったとして何が待っているだろう。

翔子？　翔子にはやはり友達がいて、今はその人たちとの遊びに忙しく、塔に入るのを最後にもう会ってくれないだろう。

幸長？　ただの職場の知り合いに過ぎない。

浮谷の顔が頭に浮かんだ。が、すぐにかき消した。浮谷とデートするのを二、三度想像したことがあった。でも、この呪われた手では彼と手を繋ぐことさえできない。

意を決して、工房の中に入った。

その途端、土の匂いが鼻孔に入り、気が引き締まった。粘土は雨の後の土のように湿った匂いがする。ライダーの体の匂いでもあった。

匂いに慣れないうちに、体験コースを担当しているらしい若い男女二人が歩み寄ってきた。年末で平日のせいなのか、カティアの他にはだれもいなかった。

二人はカティアを見ると「ガイコクジンが来た！」という緊張した面持ちになったが、日本語ができるとわかるとほっとしたようで、カウンターへ案内してくれた。

部屋にあったのは電動轆轤五台だった。久しぶりに見ると、懐かしさより、嫌悪を感じた。

ここに来たのは間違いだと思った。今すぐに引き返すべきだ。しかし、そうしなかった。お金を払って、若い女性について行き、轆轤に座った。金属の台とトレイに置かれている馴染みの道具は、異様にみえた。

「手袋を脱いでください」

カティアは脱いでライダーの手と向き合った。

若い女性はわかり切っているやり方を丁寧に説明した。自分は十年以上器を作っていたから全部知っていると日本語で言うのが面倒で、延々と続く説明をうなずきながら聞いていた。

「さあ、回してみましょう」

若い女性は事務的な口調でそう言ってから、轆轤のスイッチを入れた。その後も放っておいてくれなかった。水のかけ方、手の置き方、どのぐらい力を入れればいいのかなど、くどくどと説明し続けた。

「では、やってみてください」

ようやく解放されて、カティアは手を伸ばして粘土を包み込もうとしたが、手が小刻みに震え出し、中心が狂った。

カティアは目を大きく見開いて、ぶざまに回る粘土を眺めた。

「君、粘土を中心に置く《センターイング》のは陶芸の基本なんだぞ。そこまで下手になったのか」

眩暈がして、体が揺れた。

しっかりしなさいと自分に言い聞かせたが、どうしても粘土の中心が狂い、慌ててしまった。

「据え方をお教えしましょうか」

若い女性は轆轤の反対側から手を伸ばしてきて、粘土を包む動作をした。彼女の手はカティアのゴツゴツした手と比べて白くて、美しかった。女性は、肘を膝に置くことと、前屈みになりながら粘土を中へ押すことを説明してから、轆轤の斜め後ろに回った。

カティアは突然、六年生の夏にライダーが手を伝承した日に戻された。

「僕のことが好きだって？　光栄だよ、カティア。でも、今君が感じているのはパッピーラブ、初恋、に過ぎない」

「……」

「君の恋は娘らしいファンタジーだ。ナイーブで、美しい。でも、まだ子どもではないか？　ほら……」

ライダーの両手が脇の下を滑っていって、胸のわずかなふくらみを見つけ、大きな手で覆った。

恥ずかしさで死にたかった。

見えないはずなのに、納屋の窓の隅に、太った蜘蛛がぶら下がっているのが見えた。

「君」

遠い夏の日からの声が耳に響いた。「体がスパゲッティみたいにフニャフニャになっていては、器が作れないよ。背筋を伸ばしてちゃんと座りなさい。こうやって」

ライダーは両手でカティアの肩を握って、姿勢を正した。そして、腰をつかんで、カティアの胴体を後ろへ強く引っ張った。カティアの体はライダーの体にぴったりくっついた。

「腰にもっと力を入れなさい。しっかりと。ほら、肘をこう、膝に置いて、固定するのだ」

耳元に熱い息を感じた。粘土とタバコの匂いがした。

「君の足は長くて美しい……そう思わないか？」

ライダーは両手でカティアの膝をギュッと握って、低い声でこうつぶやいた。

「太ももがくっついていてはクルマを蹴れないぞ。足をもっと広げるんだ」

「こういうふうに……」

そしてライダーの手が……。


全部思い出した瞬間、カティアはよろめいて、ぐるぐる回る台を両手でつかんでしまった。そして、その勢いで右へ投げられ、頭蓋骨をコンクリートの床にぶつけた。

若い女性が悲鳴を上げた。

「お客さん！」

カティアは床に横たわっていた。

もう、動く必要はない。

否定できない確固たる真実にたどり着いたからだ。


どこか上の方から若い男性の声がした。

「お客さん！　大丈夫ですか。聞こえますか」

最近どうして「大丈夫」という言葉ばかり聞いているのだろうか。大丈夫かと聞かれて大丈夫だと答えるのが、日本語の中で一番退屈な会話だ。

頭上で若い男性と若い女性が緊迫した声で話していた。

「轆轤につかまってしまったんです。その勢いで……」

「救急車呼ぼうか？」

「呼んだ方がいいんじゃない？　脳震盪を起こしたのかな。すごい勢いで床にぶつかったから」

「お客さん！」

「お客さん！」

「アイム・オッケー」

救急車を呼ばれてはまずいので、慌てて応答した。英語で答えたのは、「大丈夫」という言葉がいやになったからだ。

若い女性が傍に跪《ひざまず》いたようで、顔が現れた。

「起き上がれますか？」

「イエス」

カティアはやはり英語で答えた。

「どうしたらいいと思う？　やっぱり救急車を呼びましょうか」

「うん、呼ぼう。頭がはっきりしていないようだ。さっきまで日本語で話していたのに」

「頭を打って日本語を忘れたのかしら」

頭は痛んだが、辛うじて座りなおした。

「お客さん、横になっていてください。これから救急車を呼びますから、体を安静にしていてください」

カティアは目を閉じ、空気を吸い込んで吐いた。

「いいえ、呼ばないでください。アイアム・オッケー」

制止する声を無視して立ち上がった。

「駅に戻ります」

「駅ですか？」

若い男性は目を丸くして聞いた。「絶対にダメです！」

頭は痛かった。脳震盪かもしれないが、痛みなんかどうでもよかった。

それから長い「交渉」が始まった。自分の口から出るのはでたらめな日本語なのだろうと、二人の顔を見て気づいていたが、それでも口を動かしていた。

そのうちに客が三人入ってきて、若い男性は迎えに行ってしまった。気が弱そうな女性を説き伏せることに成功し、

「お客さん、本当に大丈夫なんですか？」

という言葉に送られて、カティアは工房を後にした。

30 阿弥陀如来

工房からそう遠くないところにバス停があったが、カティアはバスに乗らずにベンチに座った。頭は痛かったが、心は不思議と静かだった。安らぎではなかった。すべてを諦め、じっとしていたかった。

目の前にいろいろな人が現れ、待ち、バスに乗って行った。

そのうちに空が曇り、陽光が薄らいでいった。

頭には何もなかった。この十年、過去を思い出すまいと毎日繰り返していた努力は、もう必要なかった。やめてみると、ずっと続けることでどれほど疲れていたのかがわかった。

この十年、すべて自分のせいだと考えることで、あの夏の日のことを少しずつ意識しなくなってきた。師匠を慕い、恋に身を任せるようになった。大学の頃には、一生あの人と一緒にいたいと思って、別れることが何よりも怖くなった。

すべてが、十二歳の自分の「娘っぽいファンタジー」のせいだと思いながら。

「もしもし」

はっと頭をあげると、買い物籠を持ったおばあさんが呼びかけていた。

「何かお困りですか。バスの乗り方、わかりますか」

「だいじょう……」

と言いかけて、口ごもった。

どうしていつもこのセリフを言うはめになるのだろう。自分は特別に困っている人間なのだろうか。それとも、ガイコクジンが日本にいること自体が、大丈夫かどうかのギリギリのところにあるからだろうか。

「どちらへいらっしゃいますか?」

「駅です」

「駅は反対側ですよ。一緒に渡りましょうか」

どうして放っておいてくれないのだろうか。座っていたいだけなのに。

「間違いました。駅には行きません……平等院に行きたいです」

二年前に、有名な陶芸家が連れて行ってくれたところで、宇治市内で名前を知っているただ一つの場所だった。

「平等院ですか。あと二分でバスが来ますよ。私もそちらの方に行くので、一緒に乗りましょう」

がっかりしたが、微笑んで頷いた。

「運賃をお持ちですか?」

「いいえ」

と嘘をついた。

工房を出た時、奇跡的にリュックを背負うのを思い出したのだが、下ろしてお金を探すのが面倒くさかった。ガイコクジンだからお金を提供してくれるだろう。

おばあさんはカバンを探って、料金をカティアに差し出した。

何でももらっておこうと思って手を出した。しかし、受け取ることができなかった。工房を出る時、手袋を忘れていたのだ。バス停のベンチに座っている間、手を隠すためにだぶだぶのセーターの袖口を中から握って見えないようにしていた。

「今日は、本当にお寒いですね」

おばあさんはカティアの手のない腕を見て、また手をカバンに突っ込んで、千円札を三枚取り出した。

「これで手袋を買ってください」

もちろん断るべきだが、布で覆われた肉球で受け取った。運賃は右の肉球で、お札は左手の肉球で握って、おばあさんと並んでバスに乗った。

おばあさんが三つ目のバス停で降りた時には、ホッとした。平等院が終点だと確認してから目を閉じた。平等院は屋根に鳳凰が付いているお寺だ。

平等院というバス停でバスを降り、人の流れに合流した。少し歩いたところに参道があり、しばらく行くと境内に入った。紅葉の下に、曲がりくねった砂利道があった。ここも紅葉が茶紫に変色していた。

拝観受付で千円札三枚を握った肉球を差し出し、窓口の女性の不思議がる視線を避けながら左の肉球で硬貨を、右の肉球でお札と入場券を受け取り、門を潜った。

以前来た時は本堂には入らなかったから、屋根に留まっている細長くて美しい鳳凰だけが印象に残っていた。今は鳳凰は見えない。

本堂に入るには金に飾られた欄干の橋を渡らなければならないのだが、橋にかかるところで気持ち悪くなり、道の右脇に寄った。


ぼうっと立ち尽くしていると、突然激しい憎悪に襲われた。スタジオのベンチにライダーが座ってパイプを吹かしているのを想像し、その首をつかんで、信じられない力でその大きな体を轆轤に投げつけた。

カティアはそんな自分の想像に驚いたが、やめたいとは思わなかった。

床に倒れた師匠に駆け寄って、全身の力で蹴り始めた。肋骨は潰れ、師匠は呻《うめ》きながら長い手足をばたつかせた。もっと痛めつけたかった。折れた肋骨に踵《かかと》を下ろし、左右に動かしながら柔らかい肺を踏みにじり続けた。

恐ろしい自分は、それでも満足しなかった。今度は血が滴る踵を上げ、ライダーの鼻をめがけて渾身の力で蹴り下ろした。たくさんの小さい骨がポキポキと折れた。

さらに頭蓋骨の中からあふれ出た血と肉と脳みそを葡萄みたいに踏み散らかした。そして、残っているものを蹴って、蹴って、蹴りまくった……。

頭の中でこの行為に及んでいる間、実際の自分は静かに立って、橋の欄干を眺めていた。何人かそばを通り過ぎて橋を渡り、お寺の中に入って行った。一人のおじいさんはカメラを指して「オッケー?」と声を掛け、カティアが自動的に頷くと写真を撮った。

想像の中の自分がどのぐらいの時間暴れ続けたかわからないが、終わった時には、師匠の体は上手に食べられた鶏の骨屑ほどしか残っていなくて、血だまりはスタジオの広い石畳の床の隅々まで広がっていた。

「今の僕は、無防備なんだよ」

師匠が遠い夏の日に言ったことは、本当だったのかもしれない。

疲れがどっとのしかかって来て、この場で横になりたいと思ったが、橋を渡って本堂に入った。肉球で靴を脱いでビニール袋に入れるのに時間がかかった。お金も靴といっしょに袋に入れて腕に掛け、仏像のあるお堂に向かって暗い廊下を歩いた。

薄暗い空間に聳える黄金の顔を見上げた時、この寺で祀られているのは阿弥陀如来だと思い出した。半分閉じられた目と穏やかな唇を見ていると、荒れていた心が静かになった。どこからか木魚の音とお経を唱える低い声が聞こえた。昼だと思っていたのに、もう日暮れになっていた。

カティアの絶望はほのかに光る阿弥陀如来の顔に吸い込まれた。半開きの黄金の目はカティアの悲しみを理解し、自分の悲しみにしてくれた。

無神論者の自分が、仏陀という存在と関係を持ってしまった。

インドの釈迦牟尼は悟りを得る前に木の下に座り、邪念と激しく戦ったようだ。彼もその時、だれかを踏みにじりたかったのだろうか。

阿弥陀如来のおだやかな目は美しいと思って、涙があふれてきた。

木の下に座っていた釈迦牟尼は、だれかのことを思って、懐かしさと憎しみがこみ上げただろうか。

懐かしく、憎く、美しく、醜い、手。

釈迦牟尼も、この手のような重荷を捨てたのだろうか。

自分も、捨てなければ。

そのためには、駅に戻らなければならない。

31　手を捨てる

どの駅のホームに立っているのかわからなかったが、それはどうでもよかった。特急や急行が止まらない小さな駅で、ホームを見まわすと、普通電車を待っている人が二人いた。ホームにだれもいない時を待っていた。ホームから飛び降りて、穴のような小さい避難場所に入る。特急か急行が通過する時、穴から手を伸ばしてレールの上に手首を置く。電車が通り、手は切断される。ひどい出血があって、しばらくして死ぬのだが、その前の何分間かは、本当の自分に戻って生きられるはずだ。

いい計画だ。

電車が通ると凄まじい轟音がして空気は震え、体も揺さぶられるだろう。最初は臆してしまうかもしれない。しかし、電車は何本でも来る。最後にはできると信じて、カティアは微笑んだ。

ホームに人がいなくなるのを待っている間、カティアは幸福感でいっぱいだった。

以前にも一度、死のうと思った時はあった。五階のスタジオの窓から飛び降りようとした。あの時は真剣だったが、今振り返ってみると、それはちょっとした心の遊びに過ぎなかった。飛び降りたらライダーが悲しむだろう、一生罪悪感に覆われて生きていかなければならないだろうと思った。でも、今の気持ちは全然違う。今は、だれがどう考えようと、どうでもいい。

命が今終わりかけていて、このあと死がくることを確信し、深い安らぎを感じる。それと同時に、人が一生に一度だけ味わう死を前にした絶対的な寂しさと、世界から細い糸でぶら下がっている感覚もあった。

脳裏には、これまでの二十二年間に自分に起こったことが繰り返し浮かび、微風を受けた夥《おびただ》しい葉っぱのように揺れた。どの記憶からも感情が抜かれており、冷静に眺めることができた。

日本に来たことも、この数か月のうちに築いた友情と少しだけの功績も一時的な戯れに過ぎなかった。その間必死に求めても得られなかった自由は、今心に満ちている。

ホームに人がいない時はなかなか来なかった。視界は霞み、行き来する人は幽霊のように立体感を失った。

そのまま一時間か二時間経ったように思われたが、二、三十分だったかもしれない。

ホームから人影がすっかり消えたことに気づいて目を輝かせた。

時が来た。

ひょいとホームから飛び降りようとした時、耳元で声が聞こえた。

「ノリナサイ！」

ショックで体を後ろへのけぞらせ、冷たいホームに尻餅をついてしまった。

慌てて振り向いたが、だれもいなかった。

「電車に乗りなさい！　どうして乗らないんだ！」

声はさっきよりもはっきりしていた。

わけがわからないまま何回もホームを見まわしたが、サイコパスはどこにもいなかった。

ゆっくり立ち上がり、足に力を入れ、線路に飛び降りようとしたが、できなかった。

「電車に乗りなさいと言っただろ」

サイコパスの声は、明らかにしびれを切らしていた。

「でも、電車が来ていない」

そう答えてしまった。

そして突然怒りでいっぱいになった。

「電車が来ないのに、どうやって乗れというの！　もう放っといてよ！」

その瞬間、目の前に車両が滑り込んだ。

ここは急行が止まる駅じゃないのに、急行に見えた。

「電車が来ないと言うが、来ただろう！」

電車のドアが開いて、数人のビジネスマンが、カティアに訝しむ視線を投げながら出て来た。

「何をグズグズしている。乗るんだ！」

カティアはそこにはいないサイコパスに首筋をつかまれ、すごい勢いで電車に投げ込まれた。

長い間、ドアの上の路線図を眺めていた。最初は、急行がさっきの小さい駅に止まったのは奇跡だと思っていたが、頭の中の霞が消え始めると、通勤快速だから止まったことがわかってきた。

今日起きたことが消化できなくて、ただ立ち尽くしていた。

かなり長い時間が過ぎたようで、電車は終点にたどり着いた。ホームを降り、向かいのホームへ上がり、ちょうど来ていた電車に乗った。

「電車に乗りなさい」という指示に盲目的に従っているだけだった。

さっきまで決めていた自殺行為ができなくなり、安らぎと幸福感は消え去った。死はこのいやな世界からの唯一の逃げ道で、それが閉ざされた今は疲労しかなかった。

茫然としているうちに、乗り換えた電車も終点に着いてしまったので、仕方なく降りた。喉が渇いて、自動販売機の前に立ったが、肉球で持っていた硬貨はどこかに消えていた。駅のトイレに入り、水道の水を飲んだ。新幹線の洗面所には「これは飲み水ではありません」と書いてあった気がする。この水も飲み水ではないのかもしれない。

どこにも行きたくなかった。大阪には太陽の塔とサイコパスがいる。宇治に戻って二年前の有名な陶芸家を訪ねれば、彼は真っ先にライダーに知らせるだろう。東京になら行きたい気持ちはあるが、お金が足りない。あったとしても、東京のお母さんに今の自分は見せたくなかった。

電車の乗り降りを繰り返し、あるホームに降りた時、駅が閉まりかけていた。駅の外に出ると、背後で照明が消された。

仕方がなく、駅の外のベンチに座り込んだ。

そのうちに寝てしまったようで、目が覚めると体は山陰の岩ほどに冷たくなっていた。昨日はラーメンしか食べていなかったし、胃が痛いほど空腹だった。

お金は本当にないのか。バス停のおばあさんにいくらかもらったが、平等院の拝観料にいくら払ったのか覚えていなかった。リュックはまだ背中にくっついていて、肉球でどうにか開けてみると、小銭入れのガマグチには百円玉三枚と五百円玉一枚、十円玉が三枚入っていた。十円玉には平等院の絵が刻まれている。これを持っているときっと幸運が来るだろうとなぜか希望が湧いてきた。

駅の近くにコンビニがあった。百円玉を全部使っておにぎりとお茶を買い、ベンチに戻って食べた。全部肉球でこなせた。

そういえば、財布の中は全然見ていなかった。肉球と歯を使って開けてみると、なんと一万円札も入っていた。幸運の平等院の十円玉が、一万円札を産んだのか。

硬貨がもっと隠れていないかと財布を調べていると、何年も前にミネソタのスタジオで出会った茶道家の名刺が出てきた。

茶道家の女性は、あの時たしかにライダーの手を見た。そして、怯み、カティアの手とライダーの手を見比べ、驚いたようにライダーの顔を見上げた。世界中に、カティアの手を見て反応を示したたった一人の人間だった。その人間が京都に住んでいる。

32　日置彩子

日置彩子の住まいを見つけるのは難しかった。最寄り駅がどこか調べるだけで一時間も費やした。駅に着くまで、間違った駅で降りたり、降りるべき駅を乗り越したりした。最寄り駅で降りてからも、角を曲がるたびに忙しそうな人々に道を聞くはめになった。

ようやくたどり着いたのは、街はずれの小さな家だった。

そのころまでには肉球を使うのが上手になり、握りこぶしに力を入れたり抜いたりすることでいろいろなことができるようになっていた。しかし、袖の端はかなり汚れていた。近くのコンビニまで引き返し、トイレで顔や髪を整えようとしたが、そんな難しい作業は肉球では無理だったので、そのままで訪問するしかなかった。

門の隣にインターホンがあった。押す前に長い間立ち尽くし、疲労した体の中から勇気を引き出そうとした。

その時、杖をついたおじいさんが遠くからやってきて、

「ナイスミッツユー」

と、懐かしそうに挨拶して、ゆっくりと通り過ぎて行った。

なぜか目頭が熱くなった。

おじいさんが見えなくなり、しばらくして、意を決してインターホンを押した。

押してから後悔して逃げだそうとしたが、そのとき声が聞こえた。

「はい」

きれいで澄んだ声だった。茶道家の声は覚えていなかったが、同じ人だろうと思った。

「突然に失礼いたします。デーヴィッド・ライダーの弟子のカティア・クリステンセンです」

一番言いたくないセリフだった。言うだけで悔し涙がこみ上げてきたが、入れてもらうのにはこう言うしかないと、電車を乗り継ぐ間に決めていた。

少しの沈黙の後、

「はい、少々お待ちください」

ときれいな声が答え、インターホンが切られた。

それからしばらく待っていると、ようやく庭の向こうの戸口から小柄な女性が出てきた。美しくて優しそうな顔と優雅な動きを見て、ヒオキアヤコだとわかった。遠い日に憧れていた姿は十年経っても変わっていなかった。唯一変わったところといえば、黒髪に灰色の毛が少し混じっていることぐらいだった。

日置彩子は淡い笑みを浮かべ、首を傾げながら近づいてきた。門を開けるかどうかまだ判断しかねている様子だった。

「デーヴィッドさんのお弟子さん……ですか」

「あのう、一度、ミネソタのスタジオで……」

そう言った途端、日置の眉から力が抜け、笑みが広がった。さっと歩み寄ってきて門を開け、中へ招いてくれた。

「失礼いたしました。思い出しました。まあ、こんなに大きくなって……どうぞどうぞ」

カティアは日置に従って玄関に入った。

日置は「どうぞお上がりください」と言ってくれたが、ここまでたどり着くのがやっとで、体は動けなくなっていた。

「カティアさん、どうぞスニーカーを脱いで上がってください。炬燵を入れていますから、お茶を飲みながらゆっくり話しましょう」

座ってお茶を飲めると思うとスニーカーを脱ぐ力が湧いてきて、客間まで歩けた。

日置がキッチンへ行ってお茶とお菓子を用意している音を聞いていると、久しぶりに和やかな気持ちに包まれた。

日置はお盆を持ってきて座った。彼女が選んだ陶器とお菓子は美しく調和しており、お茶の入れ方は無駄がなく、パフォーマンスアートを見ているようだった。

「カティアさんは花を描くのがお好きでしたね」

日置はお茶を茶碗に注ぎながら明るい声で言った。

「釉薬できれいな花を描いた花瓶を見せていただいたのを覚えています」

カティアはびっくりして日置を見た。

花を描くのが好き？　そういうことをライダーが許したはずはない。

でも……待って。日置が言っている花瓶はあったかもしれない。弟子になる前の、陶芸教室に通っていたころの作品だろう。そのころは好きな物がなんでも作れた。

カティアは目を伏せて、茶碗の中でほのかに香る緑茶を見つめた。

「あれから、花を描き続けましたか」

日置はセーターに包まれた肉球を穏やかな視線で眺めていた。

身震いがした。あの日に日置が束の間見せた目つきが、十年経って目の前に現れたのだ。

日置は深いため息をついた。

「カティアさん、ごめんなさい」

「えっ？」

「あの時、助けることができなくて、ごめんなさい」

「……助ける？」

「デーヴィッドは、あれからずっと、カティアさんを押さえつけて来たことでしょう。その成り行きが火を見るより明らかだったのに、他人事だと思って何もしてさしあげませんでした。苦しかったでしょう」

日置は、全部理解しているのだ。

ライダーの手を見たのだ。これで間違いない。見て、不憫がって、救おうと思ったのだ。

見せたい。セーターを脱いで、この怪物の手を見せてしまいたい。世の中にたった一人、この手がわかる人間に。

カティアはセーターを脱いだ。袖の中から出てきたのは、大きくて、骨ばった、憎い手だった。

「師匠の手です……。見えるでしょう？」

手を座卓の上に伸ばし、恐る恐る日置の顔を見た。

彼女は眉間に皺をよせて怪訝な目つきになった。

「師匠の手って、デーヴィッドさんの手のこと?」

「見えるでしょう!」

胸がカッと熱くなって、泣き叫んだ。「私の手は、師匠、ライダー教授、デーヴィッドの手でしょう?　そうでしょう⁉」

日置は首をかしげた。

「どういうことですか。デーヴィッド・ライダーの手ではありませんけど」

カティアは突然、自分の手首をつかんで擦りはじめた。

「カティアさん、何をするんですか。おやめください!」

カティアはふうっと息をはいて、手を座卓の上に投げ出して睨んだ。

気づかないうちに、日置に向かって長い長い話を始めていた。

33　手

「全部話してくださって、ありがとうございます」

下を向いていたので日置の表情は見えなかったが、声は優しかった。

「カティアさん」

日置は言葉を探しているようで、少しの沈黙があった。「あなたの手は、デーヴィッド・ライダーの手じゃありませんよ」

「えっ？」

思わず頭をもたげた。

「元から、そうではなかったんですよ」

カティアは反射的に手を見下ろした。

全然変わっていない。ライダーの手だ。

「……手に触れてもいいですか」

はっとして、また日置を見上げた。

十年前にカティアに握手を求められて怯んだこの人が、自分から手に触れたがっている。こんな手に？

日置は意を決したように、手を差し伸べた。

「触れてもいいですか」

もう一度、そっとたずねた。

カティアはしばらく考えてから、おもむろに頷いた。この女性は手の本当の姿を知っているし、知った上で触れようと思っているのだ。

繊細で乾いている手先が、カティアの指に触れて、握った。カティアは目を逸らしていた。

日置は穏やかな声で言った。

「カティアさんの手は、指の形がきれいですよ。細くて、強そうです。私の指より少し太いけれど、男の人の指よりはずっと細い。肌は透けるように白く、関節のところは薄桃色でかわいい」

カティアはチラッと自分の手を見た。

日置の手は何かを握っているが、はっきりとは見えない。

慌てて手を引っ込めた。いったいどうなっているのだ。

手を振ってみた。

いつもより、少し軽い。

何回か振ってみた。

やはり軽い。ますます軽くなっている。

縛っていた何かが解け、ずっと力を入れていたのが突然緩んだように感じた。

恐る恐る手を伸ばして、また座卓の上に置いたが、怖くて直視できなかった。

日置の乾いた指先が、もう一度手に触れて、指を握った。

ゆっくりと視線を手に合わせた。陽光の中に、見慣れない細い手があった。昔はとっても見慣れていた手だ。そのときは女の子の手だったのに、今は若い女性の手だ。

忘れていた友達のような愛しい手だった。

「手が見えましたね」

しばらくしてから日置が言った。

「これ、本当に私の手ですか。デーヴィッドの手は……どこに?」

いつも大きな手を見ていたせいか、自分の手が小さく感じられ、脆くて壊れそうな物に見えた。日置の指にそっと握られているだけで粉砕してしまいそう。

周りが暗いと気づいて、顔を上げた。

「もう午後五時です。こちらへいらっしゃってから五時間経ちました」

日置は優しく笑っていた。

カティアは慌てて座りなおし、リュックに手を伸ばした。とんでもない失礼をしてしまった。

「いいえ、お座りください。今夜は泊まっていってください」

カティアは抵抗しようとしたが、日置は立ちあがって晩御飯の支度を始めていた。そのうちに疲れがどっと出て、半分炬燵に入ったまま横になって眠ってしまった。

夜中に起きた。薄明りがついていて、座卓の上にサランラップに包まれた晩御飯とペットボトルのお茶が置いてあった。

「いただきます」

手を合わせると、鼻の先に細い指が浮かんだ。爪の縁にはピンクのマニキュアが少し残っている。

指を伸ばしたり、折ったりした。飛ぶ蝶の羽のように繊細そうだ。

この手で何か作りたい! 肩から気のようなものが流れてきて、腕を伝い、指先から迸《ほとばし》り出た。

鉛筆を握る真似をし、空中に力強い線をいくつか、すばやく描いた。

素晴らしい指ではないか。これで、何かすごいことができそうだ。

これがいつも、身近にあったというのか。

美しい漆の食器を手に取ってみた。なんと軽い食器。なんと軽い指！

お箸は木目が浮き出ており、その浮彫が指の腹にはっきりと感じられる。

新しい指を動かす喜びを満喫しながら、おかずを次々に平らげ、また深い眠りに落ちた。

次に起きてみると、窓から雨後のきれいな朝空が見え、家の前を小学生が元気にしゃべりながら通って行った。

日置は前掛け姿で朝ご飯を座卓に置いた。

数時間前にいっぱい食べたのに、お腹が鳴った。

「昨日は本当に、本当に、すみませんでした」

顔が赤くなった。「家、いや、お宅に入れてくれて、くださって、ありがとうございます」

カティアは昔から、起きてすぐには日本語がうまく話せないのだ。

「またカティアさんにお会いできて、本当によかったと思います」

カティアは恥ずかしそうに頭を掻いてから、すぐに箸を持ち上げたが、目の前にいきなり自分の手があらわれてびくっとした。自分の手なのに、久しぶりに出会った知り合いのようで、ほんの少し気まずかった。

手はまだまだ脆く、火傷の後の皮膚みたいに敏感だった。肌に感じる空気は冷たく、窓から流れ込む朝日は熱かった。

「いただきます」

オムレツに箸を伸ばした。

食べ終わって芸術品の茶碗でほうじ茶をいただいていると、日置が聞いた。

「手は、今はちゃんと見えますね？」

「……はい」

「もう、あの人とは会わない方がいいです。あの人はもう、カティアさんの師匠でも、お友達でもありませんから」

「……」

「カティアさんに、お教えしておいた方がいいことがあります」

「何ですか」

「昔のことですが、あの人が三十代のころ宇治へ見習いに来ていた時、知り合いだったんです」

カティアは目を見開いた。

「デーヴィッドは聡明で才能があって、宇治の陶芸家たちに見込まれていました。でも、私は好きになれませんでした。自惚れというのか、人の意見を聞き入れないような傲慢な男でした。日本語を話そうとしないのも傲慢だと思いました。私はある先生に頼まれて彼に茶道を教えていましたが、ある日茶室で口説かれて、無理やりキスされたんです」

日置を食い入るように見つめた。

「その後は教えるのを断って、全然会わなくなったんですが、お茶の先生は彼の茶碗が気に入っていました。デーヴィッドが帰国してからもときどき注文したので、連絡は取っていました。あの時ミネソタのスタジオに寄ったのも、会いたいからではなくて、お茶の先生の弟子として挨拶に行ったのです」

「ですから、スタジオでカティアさんを見た時、カティアさんもこの先……その関係がどうなっていくのかと懸念していたのです。でも、私は臆病でした。何もしてあげられないと思って、去ってしまったのです。本当に、ごめんなさい」

「いいえ」

必死に首を振った。「日置さんには何もできませんでした」

「私は……夢にも思いませんでした。まさか、まだ子どもなのに……」

「言わないでください！」

「ごめんなさい」

それから沈黙が続いた。しかし、気まずい空気ではなかった。カティアは、長い間痛みを感じていた傷がゆっくりと癒されていくようで、いつまでもこのままじっとしていたかった。

「カティアさんに陶芸の才能があることは、明らかでした。デーヴィッドはカティアさんを独り占めにし、カティアさんの想像力を自分が望む方向へ向けようとしたのでしょう。非常に残酷で傲慢なことをやろうとしたけれども、カティアさんは昨夜手を取り戻したことで、彼から自由になりました。これからの仕事を見るのを楽しみにしています」

カティアはそっと頷いた。

「日置さん、手を取り戻すのを助けて、いや、手伝って……」

この動詞を選ぶのはいつも難しかった。「……くれて、嬉しいです。でも、もう器を作ることはないと思います。私はたぶん、英語の先生になると思います。もう、轆轤には絶対に座りたくないです」

「そうですか」

日置はキッチンに立ち、お茶を淹れなおした。そして、花の形をしたお菓子とお茶をのせた盆を持ってきた。

「どうぞ。このお菓子は椿です。寒い冬に力強く咲く花です」

カティアは礼を言って黒文字を取り上げたが、急に重大なことを思い出した。

今日は何日⁉

翔子と太陽の塔に忍び込む日ではないか。

翔子にメールしようとしたが、携帯の電池はとっくに切れていた。

それで、日置に吹田市まで車で送ってもらうことになった。

晴天の下、高速に乗った。広い道路を飛んでいく感覚を味わいながら、広瀬のことを心配していた。今はどこにいて、何を考えているのだろう。

「広瀬さん、帰ってきて」

と小さな声でつぶやいた。

サービスエリアがあった。

「寄りましょうか」

「はい」

まだ昼になっていないのに、お腹が猛烈に空いていた。

サービスエリアは混んでいた。簡単に食べられる何かを探していると、日置は小さなフードコートで手招きした。

日置はうどんを買い、カティアはうどんと稲荷ずしを買った。

「また遊びに来てくださいね」

「ありがとうございます」

「プレゼントしたい物があります」

「何ですか？」

「今朝カティアさんが起きる前に、近所の陶芸家の家へ行って、粘土をもらって来ました」

「粘土？」

カティアは首を傾げた。

「車のトランクにあるんですが、さしあげます。さっき、もう轆轤に座ることはないとおっしゃいましたね。でも、カティアさんは芸術家になると私は見込んでいます」

「もう、いやなんです」

首を強く横に振った。

「今は、いやかもしれません。でも、ずっといやだということはないと思います。何も、轆轤に座る必要はありません。この粘土を使って、手びねりの器を作ってみてください」

「手びねり？」

子どもたちが陶芸教室で作っていたコイン置きや灰皿が頭に浮かんだ。

「ええ、手びねりです。粘土を手に取ってみて、この世の土すべてがデーヴィッド・ライダーの物ではないことを確かめてください」


吹田で降りる時、日置は牛乳パックぐらいの大きさの粘土の袋を渡してくれた。

「できあがったら、連絡してください。焼かせてくれる工房を知っていますから」

「ありがとうございます」

今の気持ちを表してくれる言葉を探していると、日置はさっと運転席に滑り込んで、行ってしまった。

近くのコンビニでお茶を買った。さまざまな形のペットボトルを新しい手で握ってみて、プラスティックの厚みを感じ、冷たさや熱さが柔らかい手のひらに伝わるのを感じた。

店を出て歩き出した。

大阪の生活はめちゃめちゃだ。太陽の塔と翔子と、広瀬結衣の家出と、三日間も出勤していないこと……カティアは手を握りしめてみて、その若さと強さを確かめた。この手で生活を立て直して行くのだ。

34　手びねり

吹田駅で電車に乗る時、すっかり忘れていたサイコパスのことを思い出した。

サイコパスは自分にとって何なのだろう。首を絞め、アイスクリームを食べさせて吐かせ、黙って過ぎ去った人だが、一昨日の夜のホームで命を救ってくれた恩人でもあった。

一昨日の夜のホームには、確かにだれもいなかった。頭の中の声に過ぎなかった。だとすると、まさか……サイコパスは以前にも存在していたのではないだろうか。そんなことってあり得るのだろうか。

絶対に会いたくなかったサイコパスに、突然会いたくなった。会って、実在することを確認して、自分が正気だということを確かめたかった。

「何考えてるの」

と、日本語で自分に言い聞かせた。「サイコパスに会いたいなんて」

買い物袋と粘土の入ったビニール袋を提げてアパートに近づくと、様子が変だった。アパートにパトカーが来ているのだ。足にギプスをしている男性を見て、彼がどうかしたに違いないと思った。

　ところが、さらに近づくと、パトカーの横で警察と話しているのが翔子だと気づいて、頭が真っ白になった。

　翔子がカティアに気づいたのは、そのすぐ後だった。

「カティア！」

　翔子は走り寄ってきて、カティアに強く抱きついた。

「無事なの？　心配で心配で、居ても立っても居られなかったのよ！　サイコパスに誘拐されたんでしょ？」

「え？　ううん、そうじゃないの。翔子さん……今晩、太陽の塔に行かなくていい？」


　パトカーが巡査を乗せて去って行ったのは、その二時間後だった。

　カティアはその二時間のあいだ、京都へ遊びに行っていただけで、サイコパスとは全然関係がないのだと一生懸命に説明したが、なかなか信じてもらえなかった。轆轤から落ちて額を打ったときの腫れあがった青あざとかすり傷があった。バスを降りた時に転んだと言っても、何回も質問され、もう少しで病院に運ばれるところだった。

　座卓以外には家具がなかったので、カティアは翔子が敷いてくれた布団の上に座っていた。

　翔子はずっと隣に座り、難しいことを聞かれた時には助けてくれて、ときどき手を握ってくれた。その間中、翔子の彼だとわかったギプスの男性は置き忘れられたおもちゃのように、足を投げ出して和室の片隅に座っていた。

巡査がようやく引き上げた後、翔子はほうっと大げさなため息をついて、彼を紹介してくれた。


「タクヤです。私の彼氏なの」

カティアは翔子の彼氏を見つめた。これまで会わなかったのは、彼がタイに旅行していたからだ。


「タクヤはね、クリスマスイブにスケートして転んで足を折ったの。あの転び方、ほんとに傑作だったのよ。ビデオカメラがなくて残念だったわ。おまけに、傷口が感染してしまって、二日間入院したの。私、ずっと付き添ってたから連絡するの忘れて……カティアがこんなに大変だったのに、本当にごめんなさい」


「タクヤです。よろしく」

ギプスの男は穏やかに笑った。翔子と違って、口数の少ない人のようだった。

その日、翔子とタクヤは午後八時ごろまでアパートにいて、寿司の出前も頼んでくれた。翔子はその間、カティアの額の傷に新しいバンドエイドを貼ったり、ショウガ入りのお茶を飲ませたりしてくれた。

二人が帰ってから、何日かぶりにメールを見た。

鈴蘭女子学院から何件もの電話やメールが入っていたが、広瀬が帰ってきているという知らせはなかった。行方不明だと思われては困るので、メールを打って、自分は無事で一月四日には出勤すると簡単な返事を主任に送信した。幸長と浮谷にも、自分は無事で、これから寝ると短いメールを送った。その数秒後に携帯が鳴り始めたが、向田主任の詰問や叱責を聞きたくなかったからマナーモードにして、布団に倒れた。その後も、携帯は座卓の上で何度も振動し続けた。

起きると陽ざしが注ぎこんできていて、午後まで寝てしまったことがわかった。

布団の上で横になり、いろいろなことを考えた。京都で過去と向き合ってから、自分の中で変動が起こり始めている。何かが、ミネソタの吹雪のように唸りながら自分の魂を吹き抜けていくのを感じた。

新しい手をうっとりと眺めた。回したり、動かしたり、撫でたりした。手のひらを見ると、長年ライダーの深い線にかき消されていた、自分の本当の線が見えた。生命線は親指を中心に長い弧を描いていた。

手のひらを合わせて球形にすると、その空間に愛しい物がいるように感じた。その物は小さい動物かもしれない。泉水かもしれない。美しい貝殻かもしれない。

この手でなら、漫画がすらすらと書けるはずだ。絵も。

器も……。

手を動かしているうちに、棒で粘土を伸ばす時の感触を思い出してきた。伸ばすたびに、滑々《すべすべ》した灰色の表面に空気穴が残るので、なくなるまで何度も繰り返さなければならない。

丸くて重い粘土を手で握った時の感覚を思い出した。目を閉じると、その重さは今手の腹にかかっているようだ。

手びねりを作るのには三つの方法がある。一つは、粘土を丸めて、穴を開けて、ひねる方法。もう一つは、粘土を平らにして切って、スラブを作って器を組み立てる方法。三つ目は、手で転がして長い棒を作り、グルグル巻きにする方法。子どもの時、どの方法も好きだった。

ふと悲しくなった。

陶芸教室の時の「ライダー先生」は、スタジオに入ってきて子どもたちを見ては嬉しそうに手を一回叩いて、ウィンクをした。子どもたちも楽しそうだった。あんなに上手に教えてくれた人が、汚い人になってしまったのは、どんなに悲しいことだったか。


翌日起きて、トイレを済ましてから洗面台で歯を磨いた。パジャマを脱いで、いつも洗面台の横に置いている手袋を嵌めた。そして、手元を見下ろした。

しばらくじっと立っていた。頭は茫然としていて、体も動かなかった。

思い出せる限りでは、シャワーを浴びながら体を見たことはなかった。手袋でさっさと洗って、体が視界に入らないようにするのが、昔からの習慣だ。今日は新しい手で洗うのだから体を見ることができるはずだが、なんだか恥ずかしい。

ゆっくりと手袋を脱いで洗面台に置いた。そして、浴室に入った。

手は軽くて、輝いているように見えた。

バスチェアに腰を掛けてしばらく座ってから、右手を出して石鹼を握った。

やはりまだ見たくない。

今日は、足だけ見ることにした。右手を石鹼の泡でいっぱいにして、左足を上げた。掌で足裏に触れ、そっと洗った。足指の付け根を洗うとくすぐったくて、子どものように声を出して笑った。指は足から宇治に行ってきた疲労をこすり落とし、新しい力をこすりつけているようだった。

足の爪はきれいだ。翔子とヴィヴァラＮＡＩＬＳに出かけてマニキュアをしよう。

「悪かったわね、太陽の塔！」

その日は、新しい手で料理と洗濯と掃除をした。何をしても面白かった。でも、やましい気持ちもあった。自分はサイコパスと日置彩子という不思議な二人組に救われて、生まれ変わった気持ちで大阪に帰ってきている。でも、広瀬には救い主がいない。

今なら、広瀬に伝えたい言葉がある。

カティアは広瀬の顔を思い浮かべた。

「広瀬さん、自分の手を見なさい。その手で、タクトを振ってみてください。手は強くて、美しいはずです」

カティアは瞼を閉じて、祈った。

「広瀬さん、帰ってきて」

大晦日の午後八時ごろ、翔子が何種類かの酒を持って遊びに来た。タクヤは大学時代の友達と小旅行に行っていて、五日間帰らないそうだが、翔子は平気のようだった。

テレビでは「源氏物語」を放送していた。何重もの着物に体がすっぽり入った平安朝の男女が、カティアにはわからない日本語で会話していた。着物も顔も部屋も、すべてが「風流」で美しかった。

すると、手酌で酒を呷《あお》っていた翔子が、こう言った。

「ふん、人は源氏源氏っていうけど、ただのスケベオヤジじゃない」

翔子のセリフは冒瀆に思われた。優雅で風流人が行き交う雲の上の世界に憧れていたのに、スケベオヤジなんて。

「光源氏は素敵よ」

「うん、光源氏は立派なんだけど、あいつを光らせたのは、たくさんのかわいそうな女だったのよ。光源氏はだんだん偉くなるのに、女たちは死んだりクレージーになったりするばかりなんて」

「……うん」

翔子はほかの話題に移ってケラケラ笑っていたが、カティアは黙り込んで梅酎ハイを飲んでいた。

「私にも、光源氏がいた」

ＣＭに切り替わった時、ぽつんと言った。

「へええ、光源氏がいたの」

翔子は目を丸くしてカティアを凝視した。

「素敵だった？　それとも辛かった？」

「私の光源氏は大学の教授だった」

こんなことを言い出すとは酒を飲み過ぎている。

「……どういうこと？」

カティアは、自分が大馬鹿だと思いながらも缶酎ハイを次々に空けながら、大学時代のことを話した。その前のことには触れなかった。もう一生、話すことはない。

翔子は聞いているうちに暗い表情になった。楽しい雰囲気は薄らぎ、テレビの派手な騒ぎは遠ざかってしまった。

「……ひどい話ね」

カティアは唇に力を入れた。そうしないと泣き出しそうだった。

「……」

酒を飲むんじゃなかった。がまんしていた涙がすでにTシャツに落ちていた。薄紫色の生地に、驚くほど濃いシミが現れた。翔子は大きなカバンからティッシュを取り出して座卓に置いた。

「女子大生と情事をする教授なんて最悪」

「たくさん教えてはもらったけど」

「なに言ってるの。大学に行ってたんだから、当たり前じゃないの」

「学費を払ったのは彼だったんです」

「つまり、妾を囲うつもりでカティアを大学に行かせたということでしょ」

「メカケ?」

「寝るために、大学に行かせた。違う?」

以前の自分だったら、憤慨して違うと叫んだだろう。でも今は声が出なかった。

「おまけに、その教授はカティアより三十歳以上も年上だって言うなら、光源氏がおじいさんになったようなものじゃないの……ああ、泣かせてごめん。ごめん。はい、ティッシュ」

カティアは泣きながら缶酎ハイを飲んだ。

「うん、それがいい。飲もうよ」

翔子も酒を飲んだ。

「もう、その教授に連絡しちゃだめ」

「……はい」

「タクヤはね、完璧じゃないけど、私は彼を尊敬してて、彼は私を尊敬している。喧嘩はよくする。でも、互いに言い分を聞く。平等っていうのか。私は私、あなたはあなた、それでも仲良しって感じ」

「私は私」

カティアは繰り返して、頷いた。

35　一輪挿し

一月三日になっていた。

カティアは翔子に借りた麺棒で粘土を伸ばしていた。アパートには道具も作業台もなかった。床いっぱいに新聞紙を広げ、座卓を作業台代わりにし、スラブ方式で一輪挿しを作っていた。スラブを組み合わせながら「トトロの歌」を口ずさんでいた。

作業していて時計を見ると、十一時になっていた。ご飯を炊いて握り飯を作ってから、出来上がった器をスプーンで磨く作業にかかった。頭の中では遠い空の楽しいところに浮かんでいて、夥しい空想が群がる鳥のように行き来していた。

携帯が鳴って、スプーンを置いた。向田主任だろう。そろそろ応じないと包丁を持って殺しに来るかもしれない。きちんと座りなおして携帯を開けたが、その途端唇が緩んだ。

「もしもし、クリステンセン先生。あけましておめでとうございます」

「あけましておめでとうございます」

年が明けるとこの挨拶が何日か続く。やはり日本に来ているんだと実感した。

「お休み中申し訳ありませんが、いい知らせがあります」

「いい知らせ？」

「広瀬結衣が家に帰ってきているんです」

「よかった！」

大きすぎる声が喉から飛び出した。

広瀬は無事だ。命を絶ったのではなかった。

広瀬はやはり強い子だ。自分と同じく、大きな悲しみを乗り越え、ちゃんと家に戻ってきた。

自分と広瀬は同じ道を並行に歩んで、一緒に帰ってきたのだ。

「よかったですね。本当に、よかった」

「そうですね」

浮谷も嬉しそうに言って、しばらく話したが、その後沈黙が続いた。

せっかく浮谷から電話をもらったので、会話を続けたい。でも、言葉が底をついた。

「四日から出勤ですね」

「そうですね。お会いするのを楽しみにしています」

「僕も、楽しみにしています」

浮谷が短い言葉に熱意を込めた気がして、胸がぴくんとした。

「では、ゆっくりお休みになって、体をリフレッシュしてください」

「はい」

鈴蘭女子学院に戻るのは辛かった。向田主任は237号室に連れて行かずに、同僚の前でカティアを叱りつけた。いつもは素直なカティアだったが、今回は抵抗感を覚えた。口で詫びても心から反省していないことを主任に見透かされたようで、今度は237号室に連れて行かれ、また「責任」について説教された。不思議なことに、カティアは震えもしなければ、涙ぐむこともなかった。叱咤されているうちに、屈せずに目上の人に向き合っている自分に気づいて、驚いた。

説教が終わってから、最近少しずつ操れるようになった敬語で謝罪した。主任もとうとう言うことがなくなって、カティアは狭い部屋から出ることができた。主任は当惑した様子で、小首をかしげながら後ろ手でドアを閉めた。

その日は幸長を誘って、食堂で昼食を取った。

「カティア先生は今日、元気そうで嬉しいわ」

「うん、最高の気分です」

「もう、水盃は家に持って帰って、猫の皿にでもしようかな」

「運のいい猫ね」

カティアはこの数日、口元が柔らかくなっているようで、笑いが容易に浮かんでくる。

「私、馘《くび》になった」

カティアはかつ丼を食べ終えてから、幸長に告げた。

「へええ」

幸長は目を丸くしてみせたが、大して驚いたようには見えなかった。

「これから新しい先生を探すんだって。その人が来るまで、一、二か月だけ働いてもらうって」

「へええ」

と、また幸長は穏やかな口調で言った。「うん、その方がいいと思う」

カティアはがっかりした。友達だと思っていたのに、あっさりサヨナラするのだな。

「カティア先生はいつもつまらなそうにしているもん。絵を描くのが上手だし、他にもいろいろ才能がありそうだから、自分に合っているキャリアを探すといい。応援しているから」

「ええ。あのう、これからも、友達……」

カティアは眉を寄せた。ビーマイフレンドと言いたいのだが、肝心なビーを日本語でどう言えばいいのか忘れた。「いる」は使える？　ちょっと難しい動詞だ。

「もちろん、これからも友達です！」

幸長はにっこり笑った。

なんだ。「です」だけ付け加えればよかったんだ。

「盃はとっておくから、その時の気分で、いろんな飲み物を入れて飲もう」

「猫の皿になった盃はいやよ」

「そういえば、面白い落語があるのよ」

幸長は猫の皿を買いたがる男の話を聞かせてくれた。

これからもこの人といろいろな話をして遊べると思うと嬉しくなった。

その日の午後にA組の授業があり、讃美歌コンクール以来初めて広瀬結衣と顔を合わせることになった。緊張したが、広瀬の目をきちんと見て、優しく笑いかけた。

授業は無事に終わり、生徒たちが教室を動き回ったり、話し合ったりしている時、広瀬を教壇のところへ招き、茶色い封筒を渡した。封筒には白い紙が入っていて、広瀬に伝えたいと思っている言葉を英語と日本語で書いていた。

Miss Hirose, look at the palms of your hands. They are full of life! Do you feel it? In your palm is a very dear and precious thing. Can you see it?

広瀬さん、自分の手のひらを見てください。生命力で溢れています。感じますか。手のひらに、とても大切で愛しいものがのっています。見えますか。

ちびカティアが笑顔で手を振っているイラストも描いて、その下に「私はこれから先生をやめて芸術家になりますが、皆さんに会えなくなるのが残念です。広瀬さん、いい人生を送ってください。応援していますから！」と書き添えた。ポジティブなメッセージをおくりたかったので、苦心して選んだ言葉だ。

広瀬が緊張した顔で教壇の前に出て来ると、笑みを浮かべて何も言わずに封筒を渡した。

広瀬はうつむいたまま、少し震える手で受け取った。

カティアは速やかに教室を出た。これで自分の気持ちは伝わったと思って、さわやかな気持ちでB組の教室に向かった。


その午後、彩都に続く長い坂道を降りる途中、なにかの気配を感じて横を見た。肩を並べて歩いている人が目に入って、びっくりした。

広瀬結衣だった。

「先生、グッド・アフターヌーン」

広瀬は小さな声で言った。

「グッド・アフターヌーン、ミス・ヒロセ」

カティアは英語で答えた。

少し気まずい思いがした。手紙にしたためた言葉で、自分と広瀬の間に起こったことを連歌の最後の句のように、美しく、すっきりと締めくくりたかったのだ。

しかし、広瀬はいつになくリラックスしているように見えて、頬に笑みを浮かべて歩いていたので、緊張はすぐに解けた。

寒いのに、日差しが顔に暖かく当たっていた。二人は黙々と歩いた。

道の横にあるモチノキで、一羽のカラスが「カー！」と叫び、枝を大きく揺らして飛び立った。

黒い鳥の鳴き声を聞いて、言いようのないなつかしさが胸に湧いた。この国で千年も生き、毎日カラスの声を聞きながらこの坂道を行き来してきた気がする。そう、侍みたいに刀を二本携え、昔から何回もこの坂を歩いてきた。外国人女性の侍が、広瀬結衣という小さい家来と一緒に。

二人は門番のおじさんに声を揃えて「さようなら」と言って、一緒に校門をくぐり、白いサザンカが咲く生垣の中の道を進んだ。

何も話さなくても、二人の間に静かな会話が続いているようだった。

坂下に来た。

「先生、私はこっちの方に行くんです。グッドバイ！」

「グッドバイ」

二人は手を振り合って、反対方向へ歩き出した。

角を曲がろうとする時に、「先生！」と背後から呼びかけられて振り向いた。

広瀬は少し恥ずかしそうな顔で手を伸ばして、丸く合わせた手のひらに何かをのせているような仕草をした。


カティアは久しぶりに万博公園を歩いていた。不思議なことに、京都のホームでサイコパスの声に救われて以来、彼を怖がらなくなっていた。サイコパスは人が言われたとおりにしないと窒息させようとする。でも、指示どおりにすれば満足して去って行く。「電車に乗りなさい」というのは、結局いいアドバイスだったのだし。

今度会ったら、素直に電車に乗って、バニラアイスクリームを食べてやろう。

今日公園に来たのは、梅の花を探すためだった。

梅園は美しかった。ちょうど空が晴れて、日差しで輝いた白やピンクの花は、まだまだ遠い春を思い起こさせた。

梅を一輪もらうつもりだ。

もちろん禁じられているだろう。ガイコクジンだから、特別に厳しく説教されるのか、特別に許してもらえるのか。以前の自分なら説教される可能性を考えるだけで震え上がった。しかし、今は平気だった。今の自分は強くてきれいな手を持つ女だ。

器はコバルトブルーだから、ピンクの花では派手すぎる。中心から黄色がほのかに広がる白い花がいい。カティアは長い時間をかけて、特別に美しい花を選んだ。そして、指先でゆっくりと小枝をもぎ取り、器に入れた。

器をだれにプレゼントするのか迷った。プレゼントをあげるべき人がたくさんいる。翔子にはいっぱい元気をもらった。幸長は水盃を用意し、侍の心構えを教えてくれた。日置彩子は家にあげてくれ、長い話を聞いてくれ、この器を作る粘土をくれた。

でも、この器は浮谷にあげることにしていた。彼は、一番困った時にハンカチをくれて、本もくれたのだ。カティアは毎日アパートに帰ると『ゲーデル，エッシャー，バッハ』を広げ、難しくても努めて理解しようとした。亀やカニが登場して会話する楽しい場面もあれば、数学用語がびっしり詰まっていたページもあり、自分のＩＱが低下したのではないかと思うほど読むのが大変だった。なぞなぞもあり、語呂合わせもあり、ほとんど理解できないまま最後のぺージに来てしまったのだが、すぐに最初のページに戻ってまた読み始めた。この本は美術とサイエンスを融合して考える本で、自分と浮谷を繋いでくれるロゼッタ石かもしれないと思ったからだ。

器を渡す時、新しい自分の手が彼の手に触れることを想像しながら、正門の方に戻った。

正門を出る時、太陽の塔の前を通った。

コンクリートの表面はいつものとおり薄汚れていて、冷え冷えとしていた。傲慢で醜いことは変わらないが、もう自分の気持ちを左右する力はない。

塔の真ん前に来た時、ふと一輪挿しを持ち上げて塔を消してみた。思えば、塔が大きいのは岡本太郎がたくさんのコンクリートを集めて何人もの労働者を働かせたからであって、塔そのものが素晴らしいからではない。

カティアは塔に背を向けた。

エピローグ

「暗い！」

カティアは持たせてもらった懐中電灯で、がらんどうの空間を照らした。

「当たり前ですよ、お嬢さん。だれも入らない屋根裏部屋みたいなところなんですから」

翔子の叔父さんの友達である森本さんは言った。塔の中にいると思うと空恐ろしい気持ちだ。

「あっ、ずっと上まで何か伸びているよ！　ほら！」

翔子はタクヤの肩をつかんで叫んだ。声は巨大な空間いっぱいに木霊して、カティアも翔子もドキリとした。

コンクリートとかびの、鼻を刺すような湿っぽい匂いがした。

「ええ、上まで階段があって、周りにいろんな彫刻もあるんですよ。『生命の樹』というんです。でも、もう何年も放ったらかしにされているから、ボロボロになっていて、本当に残念です」

森本さんが悔しそうな口調で説明してくれた。

塔の中に木があるのは、どういうわけなのだろう。

「木ですか」

翔子もそう思ったらしい。

「ええ。ダーウィンの進化論はご存じでしょう。この木はその縮小図なんです。下の方には先史時代のアメーバや魚があって、上っていくと恐竜、それから動物、最後には人間の彫刻があります」

「まじ？　この上に恐竜がいるの？」

翔子は声を木霊しない程度に抑えていた。

「上れる?」

「とんでもありません。維持管理されていないから、危ないだろうし、階段が四つもあって相当高いですよ」

「はあ」

翔子とタクヤは懐中電灯を上の暗闇に向けた。カティアも釣られてそうしたが、一番下にあるコンクリートの階段がぼんやりと見えるだけだった。そのずっと上までかび臭い階段と彫刻が続くと思うと胸がむかむかしたが、翔子は素晴らしいものでも見上げているかのように感嘆の声を放った。

「アニマトロニクスもありますよ」

森本さんは誇り高い声で説明した。「動物は本当に動いたり、吠えたりします。埃だらけになっているんですが」

カティアはかびの斑点で覆われたみすぼらしい古い人形を想像して、苦笑した。あれほど傲慢な顔をしている塔は、中では壊れて、埃だらけになっている。ボロボロの『生命の樹』をカティアに見られて、相当に悔しがっているに違いない。

三人は森本さんが塔の歴史を語るのを聞きながらしばらく歩き回っていたが、見るものはあまりなく、わりとすぐに外に出た。

「ありがとうございます!」

何を見ても興奮できる翔子は、うきうきした声で礼を言った。

「塔の正面に回っていい？」

と翔子が聞いた。

「いいですよ。でも、人に見られないようにしてくださいよ」

「了解！　タク、カティア、行こうよ」

カティアとタクヤは大人しく翔子のあとについて行った。

塔の巨体を回ると、おなじみの顔があった。塔はいつものとおり薄汚れていて、歪んだ顔でカティアを見下ろしていた。

いまは変な顔がついたコンクリートの錐体にしか見えなかった。

「カティア、ココアでも飲みに行かない？」

翔子は寒さのせいか、塔への興味を急速に失ったみたいだった。

「はい。そうしましょう」

と応えて、カティアはもう一度塔の顔を見上げた。

「さようなら、太陽の塔」

そう言って、翔子のあとを追った。温かいココアを手のひらで囲みながら、新しい冒険の話を聞く楽しみに向かって。

あとがき

二〇〇一年のことでした。私は博士論文の研究で日本に来ていました。

大阪のある駅のホームでベンチに座っていると、陰気な男が階段下からやってきて、すごい剣幕で私のブラウスの襟を摑み、「電車に乗りなさい！」と命令したのです。私は頭の中が真っ白になり、「はい、はい」と呟き続けました。男はそれから私が電車に乗るまでずっと襟首を握り続け、ときどき念を押すように揺さぶりました。

電車に乗っても、私は男が尾行して来ていないかと気が気でなく、そのとき、ある疑問が頭に浮かびました。男は、ホームでガイコクジンを見た大多数の人の気持ちを、身をもって表しただけなのではないか。

次の日、交番で防犯ブザーという物をもらいました。タブを引っ張ると、けたたましい音を立てることで攻撃者を脅かす道具でしたが、私はすぐにそれを捨てました。わざわざ人の注意を引くガイコクジンがどこにいる、と思ったのです。

それから数か月が経ち、友達もでき、ホームで味わった恐怖と疎外感はまったく感じなくなりましたが、ホームの男がどういう人物なのだろうかという疑問はその後もずっと心に残ったままでした。

この小説は、大阪で暮らしていたときのそんなエピソードに触発されて書いたものです。主人公のカティアもほかの登場人物もすべてフィクションですが、カティアが抱いている疎外感や恐怖には、当時の私の心理状態が反映されているかもしれません。

出版に当たって、多くの応援と力添えをいただいた方々にお礼を申し上げたいと思います。いつも原稿も読んで、チェックしてくださる中村香織と小松聡子と、私のことを信じて、出版の夢を叶えてくださったボイルドエッグズの村上達朗さんと、拙稿の編集にかかわってくださった文藝春秋の武田昇さんと清水陽介さんと、すばらしい表紙を描いてくださったタケウマさんに、心から感謝申し上げます。

二〇二三年二月　ミネソタにて　マーニー・ジョレンビー

本書は書きおろしです。

マーニー・ジョレンビー

一九六八年、アメリカ・ミネソタ州生まれ。カールトン大学で日本語を学び、四年生のとき南山大学へ留学。ウィスコンシン大学で日本文学博士号取得。日本の女子校で英語を教えたこともある。現在、ミネソタ大学で日本語講師。執筆に五年をかけ、すべて日本語で書き上げた『ばいばい、バッグレディ』（早川書房）で、二〇二一年七月に作家デビューした。

こんばんは、太陽《たいよう》の塔《とう》

二〇二三年四月一〇日　第一刷発行

著者　マーニー・ジョレンビー

発行者　花田朋子

発行所　株式会社　文藝春秋

〒一〇二－八〇〇八
東京都千代田区紀尾井町三番二十三号
電話　〇三－三二六五－一二一一

印刷所　萩原印刷

製本所　萩原印刷

DTP　言語社

万一、落丁・乱丁の場合は送料当方負担でお取替えいたします。小社製作部宛、お送りください。定価はカバーに表示してあります。本書の無断複写は著作権法上での例外を除き禁じられています。また、私的使用以外のいかなる電子的複製行為も一切認められておりません。

Printed in Japan

ISBN978-4-16-391681-1